쌈롱
학원

쌈롱
학원

채록희
장편소설

나무를 심는 사람들

차례

그런데 왜 당신은…
내가 줄창 마법사나 사제들 욕을 해도
아무렇지 않게 듣고만 있었죠?

누가 뭐라고 해도
난 진실을 알고 있으니까,
동요할 이유가 없었던 것뿐이야.

—『온2』 (유시진)

프롤로그

내일은 내가 처음으로 날아오른 날이다. 한 마리 새처럼, 저 거대한 몸집의 알바트로스처럼. 하늘엔 구름 한 점 없었다. 내 스스로 제작한 날개 모양 새털구름 말고는. 초가을의 오후 네 시, 우리 모두의 옥상에서 나는 처음으로 날아올랐다. 우리가 사는 별의 천장을 만지고 돌아왔다. 태양의 파쿠르, 날탄과 활공 훈련을 시작한 지 꼭 1년째 되는 날이었다.

알바트로스는 멸종 위기에 있는 돌연변이 새, 몸집에 비해 날개가 너무 크다. 한 번 날기 위해선 가파른 절벽에서 제 스스로 몸을 내던져야 한다. 하지만 일단 활공에 성공하면 날갯짓 하나 없이 한 달에 지구 한 바퀴를 돌 만큼 튼튼한 날개를 지녔다. 그래서일까. 신천옹(信天翁), 동양에선 '하늘을 믿는 노인'이라고 불린다. 새는 일생에 한 번 날기 위해 바람을 믿고 하늘을 믿고 절벽에서 뛰어내린다, 대기의 흐름과 공기의 속도를 천재적으로 간파해서. 하지만 나는 안다. 알바트로스는 진짜 바람을 믿는 거다. 하늘을 의지하는 거다. 나도 구름을 타고 다닐 땐 그렇다. 바람을 믿는다. 하늘을 믿는다. 무한한 사랑의 손길을 느낀다.

하지만 땅에선 뒤뚱거리고 자빠지고 깨진다. 나도 한때 그랬다. 이젠 아니다. 난 날 수 있다. 누구도 날 함부로 밀치고 자빠뜨릴 수 없다. 나는 누구처럼 시간 속을 애써 달리지도 않는다. 창공을 활공하면, 시간조차 단숨에 사라지므로.

안녕? 나는 구름사용자.

이제부터 내가 구름을 타고 자유로이 하늘을 날게 된 이야기를 들려주겠다.

1장

산, 별, 그리고 나

1

내가 나고 자란 곳은 높은 산 끝자락에 붙어 있는 아담한 산동네 어디쯤이다. 한강 이북 서울을 품고 있는 장쾌한 산줄기 따라 이 동네 저 동네 봉긋봉긋 솟아 있는 여러 봉산들, 그중 하나에 우리가 사는 옥탑방, 아니 옥탑집이 있다.

한때 산들에게도 날개가 있었단다. 어려서부터 엄마가 들려준 이야기다. 산들이 즈이 맘대로 날아다니는 바람에 위대한 삼신(三神)들의 노여움을 샀어. 깊은 산중 수행자들이 해탈을 코앞에 두고 우수수우수수 거꾸로 떨어지곤 했거든. 산들은 모두 신들의 재판에 회부되었다지. 판결은 엄정했어. 모두가 기다리는 그 날이 올 때까지 세계의 모든 산들이 꽁꽁 땅에 붙박이게 되었단다. 산들은 분해서 엉엉 눈물을 흘렸지. 그들이 흘린 눈물이 한강이 되고 불광천이 되고 까치내에 은내가 되어 우리가 사는 이 동네가 생겨났어.

그러는 사이 한강에서 시작해 복개천과 실개천에 이르기까지 열 개가 넘는 지하철역이 생겼다. 또 그러는 사이 나는 그토록 무섭다는 중2병 환우가 되었다.

"그치만, 아빠가 해 준 이야긴 좀 달라."

"으응?"

"여기 말고 저 먼 나라엔 투명한 얼음과 새하얀 눈으로 뒤덮인 거대한 산들이 셀 수 없이 많아. 그 위대한 산들은 신들의 재판정에서 결코 울지 않았지."

"왜?"

"눈부시게 하얀 산들은 알고 있었어."

"뭘?"

"잠시 이럴 수밖에 없다는 걸. 언젠가 그 날이 올 때까지 우린 모두 땅에 묶여 있어야 한다는 걸."

"그 날이라고?"

"응, 그건 사실 나도 잘 몰라…."

"모두라고?"

"응, 모두."

"산도 강도 나무들도?"

"그렇지."

"엄마도 나도 사람들도?"

"응."

"날개를 몽땅 뜯어 간 거야, 신들이? 엄청 화가 나서?"

"아니."

"그럼?"

"그냥 안 보이게 된 거야."

"뭐가?"

"날개가."

무슨 말이지? 됐고.

"엄마?"

"응?"

"알면 안 울어?"

"뭐?"

"아까 큰 산들은 안 슬퍼했다 그랬잖아."

"응."

"뭔가를 알면 안 울게 돼?"

우리 둘 사이, 오래 반복된 이야기다. 막 중학생이 되던 지난해 봄날, 나는 다시 엄마에게 물었다.

"알게 되면 진짜 안 슬플까?"

세상엔 학교라는 게 왜 있는 걸까, 고민 끝에 던진 말이었다. 엄마는 그때 이렇게 대답했다. 서로 초점은 잘 안 맞는 대화였지만 엄마의 답 하나는 똑 부러졌다.

"그럼. 원래 사람은 그래. 이해하면 견딜 수 있어."

"그래?"

"저기 저분들 좀 봐 봐."

TV 속 광장에선 노란 옷을 입은 어른들이 촛불을 하나씩 들고 바닥에 주저앉아 펑펑 울고 있었다. 수학여행을 떠난 아이들이 집으로 돌아오지 않아 며칠째 그러는 중이라 했다.

"알려 주라잖아. 알려 주면 그만한다잖아. 말하라잖아, 제발. 그럼 좀 견딜 수 있을 거라잖아."

"엄마."

"응?"

"저 사람들 진짜 슬프겠다."

"그렇지."

"엄청."

"맞아, 엄청! 답답하고 원통해서 단 한숨도 쉴 수가 없는 거지."

"엄마."

"응?"

"나도 슬퍼."

"…."

"엄만 안 슬퍼?"

"엄만 원래 좀 슬퍼."

"엄마."

"응?"

"더 큰 산 이야기해 줘. 더더 큰 산, 더더더 큰 산 이야기 또 해 줘."

나중에, 조금만 더 크면. 내가 한참 더 어릴 때에도 엄마 이야기는 언제나 그렇게 끝이 났다. 얼마큼 크면? 언제? 나는 입을 비죽 내밀었고 엄마는 내 등을 토닥토닥 두드리며 같은 말을 반복했다.

"네가 아빠 책장만큼 자라면?"

이제 엄마는 내 등을 토닥이지도 아빠 책장만큼 크면이란 말을 하지도 않는다. 내가 벌써 그만큼 자라 버렸거든.

4층 건물 꼭대기 우리 둘이 세 들어 사는 옥탑집, 작은 거실 마루엔 아빠의 낡고 육중한 책장이 언제나처럼 묵묵히 서 있다. 아빠는 내가 태어나기 석 달 전, 엄마에게 금방 온다고 약속하고 집을 나가서는 여태 소식이 없다. 먼 나라에 있는 아주 가파르고 높은 산에 등정을 갔다고 했다. 내가 생겨날 줄 모르고 한참 전에 잡아 둔 일정이어서 엄마도 아빠 자신도 새 밀레니엄을 기념하는 역사적 등정을 말릴 수 없었단다. 그런데 아빠는 실종도 사망도 아니었다. 그냥, 아빠의 흔적 자체가 사라졌다고 같이 간 사람들이 전했다. 세상에 그렇게 창백한 얼굴로 동료의 최후를 전하는 산사람들은 첨 봤어.

그런 이야기 끝이면 엄마는 값비싼 밀랍초를 밝히고 노란 병아리콩 수프를 끓이기 시작했다. 아빠가 산에 가면 엄마한테 자주 끓여 줬다는 구수한 콩 수프, 냄비에서 잘 익은 콩알들을 하나둘 건져서 천천히 씹다 보면 어느새 아빠 생각은 아스라해졌다. 콩 수프를 배불리 먹은 날 밤이면 나는 반복되는 꿈을 꾸었다. 내가 작은 산이 되어 먼 나라 은빛 설산으로 슝-슝- 날아가는, 그리고 거대한 얼음산 꼭대기 푸른 구름 위에 누군가 살포시 앉아, 싱긋 웃으며 나를 보고 있는 그런 꿈을.

2

자정이 훨씬 지나 식당 일을 마치고 돌아온 엄마가 노트북과 연결된 TV 모니터를 켜는 기척이 들린다. 전부터 엄마가 보고 또 보는 '최애' 드라마다. '몸은 피곤한데 정신은 말짱해서….' 잠이 오지 않는 밤마다 엄마는 저 드라마를 틀어 놓는다. 향을 하나씩 피울 때마다 등장인물들이 타임슬립을 해서는 화면 가득 크고 높은 설산 위로 나동그라진다. 예정된 운명 앞에서 한없이 무력하지만 굴하지 않고 사투를 벌이는 주인공이 내겐 무슨 영웅처럼 보였다. 멋졌다. 파란 창공 아래 까마득히 펼쳐지는 눈 덮인 수십 수백 개의 산봉우리 또한 세상 비할 바 없이 장엄했다. 신기했다. 모두가 다 하나의 산맥에서 시작된 것이라니! 나도 언젠가 저길 꼭 가 보고 싶다. 아니 가 봐야겠다.

"그만하자, 그만하자, 그만하자."

항상 저 세 마디, 엄마의 흐느낌과 섞여 내 방까지 넘어오곤 했다. 그럼 나는 바로 달려가 엄마를 꼭 안아 주었다. 그렇게 엄마 등을 토닥이다 보면 화면 가득 핸섬한 남주의 클로즈업 샷이 정지된 채 보였다. 설마, 아빠가 저리 잘생겼을까. 현타가 오는 순간이었다.

이제 나는 한결 덤덤하다. 엄마가 저 드라마를 보고 또 보기 시작한 지 햇수로 2년째 봄, 몇 백 명이나 되는 형, 누나, 언니, 오빠 들이 봉산만 한 배 한 척과 함께 거짓말처럼 풀썩, 바닷속으로 가라앉았다. 그로부터 지금까지 나라 전체가 검은 바닷속으로 침몰하기 시작했다. 그런데 동시에 엄마의 흐느낌이 내겐 더 이상 애틋하게 다가오지 않았다. 아빠에 대한 간절함이나 그리움도 흐릿해졌다. 그건 좀 이상한 일이었다. 세상의 모든 슬픔엔 각기 얇은 막이 하나씩 있어서 하나가 또 하나를 덮고 그 다른 하나가 또 다른 하나를 꽁꽁 싸매

기도 하는 모양이었다.

그런데 자신보다 더 기막힌 일을 당한 사람들을 보며 새삼 살아갈 용기를 얻는다는 것은 얼마나 이기적인 일일까. 부끄럽게도 나는, 세상이 배와 함께 뒤집어진 그날을 계기로 여태까지와는 좀 다른 인생을 살기로 결심한 것 같다. 이런 일을 겪고도 전과 다름없이 살아간다는 게 훨씬 부끄러운 일처럼 느껴졌다. 엄마도 그런 것 같았다. 아니, 엄마는 그 정도가 아니었다.

사실 난 엄마가 원래 뭘 잘하고 뭘 좋아하고 어떤 꿈이 있었는지 잘 몰랐다. 엄마와 나, 두 사람 다 가슴에 아빠라는 커다란 구멍이 뚫려 있다는 공통점이 있었지만, 항상 나의 엄마일 뿐이었다. 나에게 뭔가를 무조건 해 주려는 수호천사라고만 생각하고 있었다. 언젠간 내가 꼭 엄마의 수호천사가 돼 줘야지 하는 결심은 점점 힘이 없어지던 엄마 때문이었는데 그런 엄마가 완전 달라지기 시작한 것이다.

엄마는 몇 군데 단기 알바 자리를 착착 정리했다. 갑자기 매사 두 팔을 걷어붙였다. 처음엔 엄마 전직이 목수였나 싶을 정도였다. 며칠 만에 서로 마주 보고 있는 엄마랑 내 방 사이, 거실 겸 마루가 싹 치워졌다. 처음엔 집수리인 줄도 모르고 이사를 가는 건가, 두근두근했다. 엄마가 이제야 아빠의 종적을 찾아 설산으로 떠날 계획을 세웠나 보다, 한동안 들떠 있기도 했다. 와우, 드디어 경비행기?

"나도 짐 싸?"

아니었다. 대신 엄마는 엉뚱하게도 주인집에 머리를 조아려 허락을 구한 다음 관할 세무서에 소정의 비용 납부와 필요 절차를 엄수하더니 옥탑집 마루에 그만, 작은 가게를 덜컥, 열어 버렸다. 간판도 하나 만들어 또 덜컥, 1층 영자 씨네 빈티지 가게 앞에 소심하게 세워 두었다. 엄마의 가게 간판은 나름 특이하고 예뻤다. 하지만 나는 엄마의 불그죽죽한 가게 간판을 자세히 읽어 보고는 소스라치게 놀랐다. 옆에 늘어서 호기심 어린 표정으로 구경하던 동네 사람들 또한 얼굴이 죄다 핼쑥해졌다.

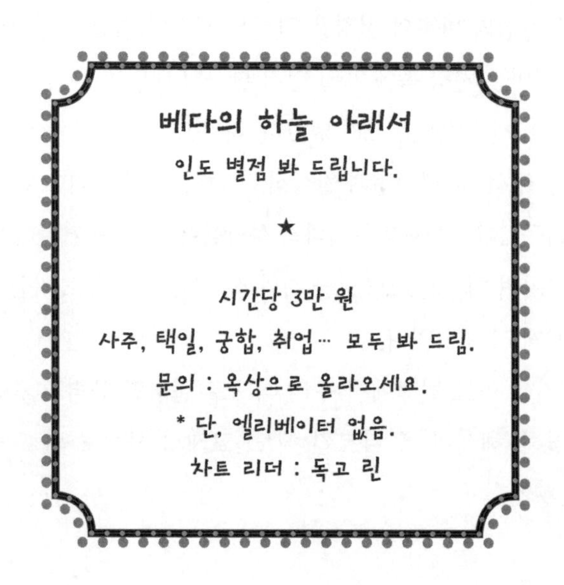

3

우리 가족은 모두 성이 같다. 좀 이상한 일이지만 굳이 따져 묻진 않았다. 우리 가족 성이 모두 같은 게 나름 좋았다. 뭔가 진짜 셋이 하나라는 느낌마저 들었으니까. 그래서 아빤 독고 찬, 엄만 독고 린. 그리고 내 이름은, 후-우, 나의 이름은 독고 아미다.

안다, 즉각적으로 이렇게 저렇게 입술을 달싹거릴 여러분의 장난기를. 학교생활 내내 튀는 이름 넉 자는 하릴없는 아이들의 먹잇감이었다. 독거미, 독갸미, 도끄도끄, 심지어 독고똥꼬마저 있었다. 아, 진짜 이놈의 십 대들이란.

옥탑집의 마루와 천장은 검푸른 새벽빛 하늘로 탈바꿈했다. 엄마는 천장 쪽에 제일 먼저 황금빛 태양과 은빛 달을 숨죽이며 한 붓 한 붓 그려 넣었다. 다음으로 가까운 행성 일곱과 먼 행성 셋, 일식점과 월식점 각 하나씩, 사방 벽에 열두 별자리들, 그리고 아직 우리나라 사람들은 잘 모를 거라며 달이 돌아가며 머무는 스물일곱 개의 집, 루나 맨션들도 자금자금 이쁘게 그려 넣었다.

"원래 인도 별점에선 우리 식으로 말하면 음력도 충분히 반영해, 해석이 좀 다르긴 해도. 그래서 사주도 봐 드립니다, 했지."

"진짜? 인도에서도 음력 쓰고, 사주 봐?"

"꼭 그런 건 아니지만 얼추 비슷하지."

"달이 그렇게 힘이 세?"

"생각해 봐. 지구랑 가장 가까운 별이 뭔지."

"아-항."

"동그랗게 생겨서."

"별 같지가 않았지. 흐흐."

"그러니까 달에겐 우리들 생각과 감정을 좌우하는 엄청난 힘이 있어요. 밀고 당기고."

"밀땅의 법칙?"

"흐흐. 들숨날숨의 법칙이라 해 두자. 여자들 생리도 그 영향이고, 밀물 썰물도 그렇고."

"기분도 좌우하나?"

"맞아."

"와, 그럼 달이 태양보다 훨씬 쎈캐인 거야?"

"네버! 그건 아니고. 인간이 달, 즉 생각과 감정을 잘 다스려야 태양이 선한 힘을 우리한테 온전히 전해 줄 수 있다고만 해 두자. 태양은 영혼, 달은 마음의 세계를 맡아 본다. 글케 해 두는 거야."

"오홍. 뭐 그리 해 두는 게 많아? 나중에 다른 말 하려는 밑밥이야 뭐야?"

"진짜 중2 맞구나, 너."

"누가 아니래?"

"말은 모든 걸 담을 수 없으니까 그러는 거지."

"좋아, 나도 그렇다 치자."

"왜 그래, 표정이?"

"몰라!"

나도 모르게 자꾸만 심통을 부리고 있었다. 어디론가 멀리 떠나고 싶었고 집에 있기 시작한 엄마가 나 말고 거실 꾸미기에 몰두하는 것조차 못마땅했다. 그땐 그랬다. 마음엔 원체 공백이란 없나 보다. 슬픔이 옅어지자 심통이 잔뜩 차오르고 있었다. 젠장!

"아미야, 이거랑 저거랑 뭔지 알아보겠어?"

"칫, 중2면 눈마저도 삐딱한 줄 아시나?"

"아니, 자세히 그린 게 아니라서. 그러니까 음, 상징들이라서."

"그거야 쉽지, 이건 사슴, 이건 소의 눈에서 흐르는 눈물, 눈물 한번 딥다 크네. 음, 또 이건 이쁜 꽃, 요건 주먹 쥔 손, 마부, 빨강, 파랑 단검, 보석? 맞아? 우산, 꼬리, 물고기. 엄마 옛날에 한 그림 하셨나? 제법이야!"

"칭찬이지?"

"그럼그럼."

"흐흐."

"이건 뭐야?"

"조디악, 열두 별자리잖아."

"웬 동물들이 이렇게 많아?"

"동물 아닌 것도 있어. 잘 봐 봐."

"아, 별로 안 예뻐."

"응? 이쁜데."

"복잡해, 뭔가."

"처음만 그래. 자꾸 보고 익숙해지면 재밌어. 말 배우는 거랑 똑같아."

"외국어라고 생각하면 돼?"

"것보다 쉽지. 것보다 어렵고."

"뭐래, 또!"

"흐흐. 뭐든 머리로만 하면 어렵고, 일단 머리로만 하면 또 쉽고."

"아아, 그래, 또 그렇다고 해 두자. 난 지금 두통이 심한 거지 머리가 나쁜 게 아니라고 또 해 두자. 그러자, 그러자."

"흐흐흐, 귀엽네."

엄마는 와락 날 끌어안고 언제까지나 부비부비했다. 엄마 볼이 간만에 축축했다.

4

마루가 짙푸른 밤하늘과 하양, 노랑, 분홍, 초록, 파랑까지 오색의 별들로 채워진 다음, 제법 값나 보이는 천체 망원경이 새 식구로 들어왔다. 무엇보다 대박은 그로 인해 천장에 뻥 구멍이 난 일이었다. 우람한 망원경의 길이와 각도에 맞게 옥탑 거실 천장에 360도 원형의 창문이 새로 생긴 것이다. 운 좋은 날은 별똥별도 보고 일식도 월식도 누워 보게 생겼다. 나는 점점 더 엄마의 젊은 날이 궁금해졌다. 내가 본 지난 15년 동안의 엄마는 죽어라 알바 하고 울고, 영자 씨한테 돈 빌리고, 나 맛난 거 많이 해 주고 빨래, 청소, 그리고 또 울고 했던 기억뿐인데…. 하지만 대박 중 대박은 시시때때로 달처럼 변하는 내 기분이었다.

난 한 번도 내가 '그런 일' 하는 사람의 가족이 되리란 상상을 해 본 적이 없었다. 길을 걷다 보면 이따금 눈길을 끄는 신당, 사주, 관상, 손금, 궁합, 타로나 별점, 작명, 택일 등, 이 분야 업종들의 이미지는 정말 별로 중의 별로였다. 뭔가 마주치지도 상대하지도 않고 싶은 기분이었달까. 게다가 인도 별점집이라니. 별점도 경악이지만 인도는 또 뭐래? 또래보다 좀 성숙한 편인 나로서도 몹시 당황스러운 사건이 아닐 수 없다. 사람은 뭐든 원인과 까닭을 알아야 참든 견디든 할 수 있다고 분명 엄마가 자주 말하지 않았던가. 그런 엄마는 왜 나한테 한마디도 미리 의논하지 않았지? 그리고 왜 자꾸 해 두자고만 하지?

엄마가 손댄 다음 순서는 버려진 채 폐허가 되어 가던 옥상이었다. 건물주인 영자 씨가 잔소리를 하다 하다 지친 나머지 슬금슬금 영자 씨네 가게의 노출 창고가 되어 가던 곳이었다. 월세라도 좀 올려 줬는지 영자 씨는 불평 없이 옥상을 단숨에 비워 줬다. 원래 영자 씨와 그녀의 외동딸 호영이는 건물주 유세가 좀 있는 편이라고 생각했다. 그런 게 불가근불가원의 사이지. 엄마가 여섯 글자로 단숨에 정리한 관계이기도 했다. 물론 그것도 서로 간에 오해가 좀 있었더랬다. 호영 엄마, 영자 씨가 그렇게 속이 깊을 줄이야! 암튼 옥상은 자고 나니 갑자기 얼룩덜룩 일어나던 초록 페인트칠 껍데기가 확 벗겨지고 눈부시게 하얀 쏘쿨 한 옥상으로 바뀌었다.

"봐 봐. 옥상 이쁘지?"

"어어. 왜 그랬어? 엄마 돈 좀 생겼어?"

"새하얀 눈이 내렸다네, 간밤에. 히히히."

"와아. 페인트 장난 아니었겠네."

"아아. 세상 옥상들이 전부 이렇게 되면 좋을 텐데."

"왜?"

"그럼 세상 모든 얼음들이 그나마 천천히 녹을 거거든."

엄마는 알 수 없는 말을 했다. 그러다 뭐가 좋은지 갈매기 처럼 끼룩끼룩 웃기까지 했다. 그럴 때마다 살짝 불안했다. 하지만 구석에 처박아 두었던 스탠드의 먼지를 닦고서 매일 밤 새벽까지 책을 보고 뭔가를 끄적이는 엄마가 은근 안정되어 보이기도 했다. 어깨 너머로 보니 엄마가 보는 책의 글씨들은 대부분 깨알같이 작았다. 책 모양도 들쭉날쭉 가로세로가 다양한 게 기기묘묘했고, 처음 보는 외국 글자들이 빼곡했다. 엄마가 맹렬하게 집중하는 책의 두께는 최소 베개 두께 반 만 했다. 그것들을 볼 때마다 엄마의 소싯적 정체가 더더욱 궁금해졌다. 작가였나, 화가였나, 아님 제정신이 아니었나?

문제는 다시금 나였다. 내 방으로 옮겨져 방의 절반을 차지한 아빠의 책장 덕분에 내 방은 순식간에 반토막이 나 버렸다. 엄마가 집에 없을 땐 적적하더니 엄마가 집에만 있으니 슬슬 답답했다. 본디 학교라면 칠색 팔색 하던 내가 학교 죽돌이 죽순이 대열에 들어섰다. 그것도 하루 이틀이지 취미에도 없는 철봉에 박쥐처럼 거꾸로 매달려 있질 않나, 하다못해 음악실에 과학실까지 어슬렁거리는 스스로가 보기 딱했다.

그렇게 중2, 내 생애의 환절기가 본격적으로 시작되었다.

2장

나는 누구,
여긴 어디?

1

"독서실 끊어 줄까?"
"아니."
"도서관은 어때?"
"별로."
"무슨 센터 하나 요기 생겼던데."
"새집 냄새 쩔거든."

위 학생은 극도로 내성적이고 소극적이며 말수가 적고 비사교적입니다.

내 나이 15세, 중2 가을 학기를 맞이한 나에 대한 학교 측의 종합 평가였다. 뭐, 신경 쓰지 않았다. 아무 상관없었다. 나도 그들을 모르듯 그들도 나를 모를 뿐이다. 다만, 늘 독서실처럼 혼자 있는 방에 아빠의 책장까지 들여놓으니 1인용 폐쇄 도서관이 따로 없었다. 핑계겠지만 답답해서 집중이 오히려 잘 안 되었다. 뭣보다 아빠의 책장은 내가 그동안 애지중지하던 영화 포스터들을 단숨에 잠식해 버렸다. 정리를 도와주던 동네 분들이 육중한 아빠 책장을 대충 한쪽 벽으로 밀어 버린 것이었다. 아, 매트릭스, 엑스맨, 해리 포터, 반지의 제왕, 스타워즈, 트와일라잇, 다이버전트 시리즈들이여, 이제 안녕, 또 안녕!

"그러니까, 남양주에 당장 집을 사, 말아?"

"아, 그런 건 부동산 중개사에게…."

"그럼 아미 엄마 그동안 내내 숨어서 가게 준비를 한 거야? 앙큼한 사람이네."

"아, 그게 아니라 다 사정이 있어서."

"왜 역 앞 운명철학관이나 저 아래 신당이랑 동업을 하지 그래? 이건 너무 생뚱맞잖아. 인도 별점이라니. 중국 별점도 아니고!"

"맞아, 중국 별점은 나도 몇 개 봤지. 신촌역 어디던가? 연남동이던가?"

"인도는 왠지 좀 그렇잖아? 지저분하고."

"네? 인도가 꼭 다 그렇진 않아요."

"참, 저기 두 번째 비탈길 아래 신당 하나 있잖아. 이름 봤어?"

"아뇨."

"아, 거기 간판이 별땅, 신땅이잖아. 둘이 뭔가 좀 통하지 않으려나? 있지, 돈 갈쿠리로 번댜. 그 박수가 인물도 참 훤햐, 사내답고."

"아하하하, 저랑 잘 안 어울릴 거예요."

"요게 그럼 타로하곤 어떻게 달라? 옥상은 또 왜 이렇게 허옇게 칠을 해 버렸어? 겨울에 안 추우려나?"

한동안 리모델링한 옥상 마루에선 동네 어르신들의 기발, 무쌍한 조언이 끊이질 않았다. 그러다 실리콘 귀마개로도 소음 해결이 안 되는 좁은 집 탓에 내가 긴 머리를 풀어헤친 채 주섬주섬 가방 꾸려 방 밖으로 쓱 나오면 마루에 있던 손님이나 평상 앞에 옹기종기 대기하던 손님들이 죄다 기겁을 했다. 엄마의 별점은 신기하게도 벌써 성업 중이었고 허리를 덮은 긴 머리카락은 나름의 내 '개취'였다. 이래 봬도 은내 초, 은내 중, 은내천 일대 모든 구성원이 포기한 머리 스타일인 것이다.

"쟤는 태어나 한 번도 머릴 안 자른 게야, 그렇지?"

아이돌 준비를 합니다.

엄마는 내 머리카락 때문에 학교에 불려갈 때마다 천연스레 둘러댔다.

"아, 그래서 저렇게 삐쩍 곯았나 보군요."

선생들은 엄마한테 잘도 넘어갔다. 나름 이름 있던 산악인 아빠의 조난으로 인한 피치 못한 결손가정, 그 사실이 종종 면죄부요 '까방권'이 되어 주었다. 나는 그저 누가 내 머리카락을 만지는 것, 자르는 것, 손대는 것에 초민감할 뿐이다. 그건 엄마라도 예외가 아니다. 내 머리는 아무도 함부로 못 건드려.

집에서 나와 뒷산에 올랐다. 어릴 땐 사방이 흙 놀이터였던 은내의 봉산은 그러나 이제 많이 변했다. 엎드려 책을 보던 평상도, 누워서 구름을 보던 정자들도 이젠 어르신들의 독차지였다. 한마디로 엄마가 집에서 일을 하게 되자 나는 갈 곳도 머물 곳도 없었다. 더구나 중2가 되자마자 그나마 안면 트고 말장난 치던 정도의 친구들조차 쉬 보기 어려워졌다.

은내의 중2들이 가는 길은 대개 두 가지였다. 1년 전보다 더 스케일 있게 노느라 동네를 떠나거나, '학원'이라는 진공청소기 속으로 일제히 빨려 들어가거나. 세 개의 비탈길을 따라 역 앞까지 터벅터벅 한 시간 이상을 걸어 내려가 봐도 마찬가지였다. 이젠 거리 어디에도 내 또래의 십 대들은 없었다. 대낮에 나처럼 거리를 활보하는 소년소녀는 백수 아니면 알바생 아님 탈학교 청소년들. 그러니 내가 아는 십 대는 거리에 더더욱 있을 리가 없겠지.

나 이제 어디로 가야 하지?

2

"큰일이네."

"뭐가?"

"라비가 그러는데."

"뭐?"

"심상치가 않네."

라비를 통해 밤하늘을 보고 있던 엄마가 쯧쯧 하며 혼잣말을 했다. 라비는 엄마가 여름에 들인 천체망원경 이름이다. 불사조란 뜻이라고 했다. 여긴 도시라 광공해가 심해서 좀 좋은 걸 사야 하지만 그냥 폼인 측면도 있고 하니 하면서 대충 구입한 거였다. 대충 치곤 엄마는 라비를 꽤 애지중지한다. 틈만 나면 닦고 조이고 기름칠하고. 게다가 오늘은 라비가 뭐라고?

"서서히 다가오고 있어."

"뭐가?"

"백조자리, 오리온자리 부근의 작은 행성들이 말이다. 그렇다면 목성의 이오는 어떻게 되는 거지? 일곱 자매들의 행로는 또?"

엄마는 소파에 털썩 주저앉았다. 그러곤 멍하니 앉아 곰곰 혼자 생각에 빠져 있었다. 음, 별로 바쁘지 않은 거 같군. 그렇다면….

"나도 별점 좀 봐 주라, 엄마."

"으응? 뭐라고?"

"나도 봐 줘. 내 별도 봐 주라고."

"남의 신성한 생업 가지고 그러는 거 아냐."

"우리가 남이야? 그리고 이게 뭔 생업이야?"

"그럼, 뭐겠어?"

"서비스업이던데. 무슨 세무서에서 발급해 준 등록증 보니깐."

"에구, 눈썰미는 있어 가지고. 그니까 생업 중에 서비스업이다, 이거지."

"아항."

"인도 어쩌고 설명하니까 담당 직원이 재빨리 요가로 분류해서 간이신고로 받아 줬어. 뭐 사실이기도 하고. 별나라 공부, 젤 오랜 나라가 또 본래 인도거든."

"뭐야, 요가라고? 엄마 개뻣뻣하잖아."

"개무식하긴."

"왜?"

"요가는 유연성이나 스트레칭, 그딴 거랑 상관없어. 다리 찢는 거 요가 아냐."

"그런가? 그럼 왜 TV에선 요가 하면 죄다 서커스 같은 거만 보여 준담? 됐고. 나 점이나 쳐 줘."

"왜?"

"집에 있기가 좀 그래서, 어디로 가면 좋은 일이 있으려나 하고."

"별점은 그런 게 아니야."

"또 뭐가 자꾸만 아니래, 뭐야? 사람들은 와서 별거별거 다 물어보던데?"

"음, 그건, 사람들한테 맞춰 주느라 그런 거지."

"왜 나한테는 안 맞춰 주는데."

"시끄러워."

"쳇."

나는 방으로 들어가 문을 소리 나게 쾅 처닫는다. 심통이 또 스멀스멀 차오르고 있었다. 백조자리? 오리온자리? 무슨 행성? 폼은 딥다 잡으면서 엄마가 되어서 하나뿐인 애한테는 당최 성의가 없어, 성의가.

조금 후 엄마가 똑똑 노크를 한다. 뭔가 달달한 냄새가 난

다. 나의 최애 간식, 호박고구마다. 그렇다면 못 이기는 척하고, 헤헤.

"들어오슈."

"애기, 삐졌어?"

"삐진 게 아니라. 참, 쫌! 애기애기 하지 말랬지, 쫌!"

"깔깔, 엄마 눈엔 아직 애긴걸? 야, 그러지 말고 너도 호영이처럼 학원이나 다닐래? 걔는 벌써 종합반 끊었대. 수능 선행 학습까지도. 너도 이제 남부럽지 않게 학원 다 다녀 볼래? 미술, 음악, 체육도 다 좋아. 하고 싶은 거 한번 다 해 봐. 엄마, 이제 수강비도 맘껏 낼 수 있다네!"

"학원? 미쳤어?"

"왜? 학원 다니는 애들은 그럼 다 미친 거야?"

"어."

호영은 다시 말하지만 불가근불가원의 건물주 영자 씨의 금지옥엽 외동딸이다. 둘이 초딩 때는 한창 단짝이다가 작년 그 사건 이후 서로 서먹해져 버렸다. 금호영, 어쩐지 도통 얼굴을 볼 수가 없더니 바야흐로 학원 인생이 본격 시작되었구나.

"아, 짱 나!"

"응? 뭐 나?"

"됐고. 나 진짜 궁금한 게 있어."

"응?"

"대체 갑자기 왜 이렇게 된 거야, 엄마는?"

"뭐가?"

"안 창피해?"

"흐흐흐."

"뭐야? 왜 자꾸 웃기만 해?"

"미안해. 나중에, 더 나중에."

"엄마! 나 이제 아빠 책장만큼 키 다 컸다고."

"아, 맞다. 다 컸네 이제, 우리 애기."

"애기라 그러지 말라니까, 이제. 엉덩이도 함부로 토닥거리지 말고. 나 진짜 산에도 가 보고 싶고, 더 큰 산에도 더더 큰 산에도 가고 싶어. 며칠씩 기차도 탈 수 있고 비행기도 탈 수 있다고. 근데 이게 뭐야, 우리 집이 무슨 첨성대야?"

3

얼마 지나지 않아 신기하게도 사람들이 엄마를, 아니 엄마의 별점집을 점점 많이 찾아왔다. 동네 주민만이 아니었다. 어떤 땐 외국에서도, 강남에서도, 지방에서도 엄마를 찾아왔다. 옥상 대기 줄이 점점 길어지자 엄마는 어디선가 재활용 파라솔 여러 개와 귀여운 등나무 의자들을 구해 왔다. 한 켠엔 작은 꽃밭도 만들었다. 점점 더 큰 평상과 대형 모기장, 항공사 담요가 놓이고, 야외 난로도 설치했다. 영자 씨는 틈만 나면 옥상을 들락날락하며 꼼지락댔다, 언제나처럼 툴툴거리며. 대신 난 이제 집에 있는 게 훨씬 힘들어졌다. 갑자기 밀실에서 광장으로 강제 소환된 기분이랄까.

"어어, 이건 버리는 거 아녜요."

"뭐여, 예가 봉수대여? 이건 대체 뭐여?"

"아, 향로예요. 주로 굵은 향 막대기를 꽂는 거죠."

"뭐에 쓰는겨?"

"나 여기 있어, 알리는 거죠."

엄마는 뭔가 옛날 화로처럼 생긴 녹슨 대야 같은 것을 반짝반짝 윤이 나게 닦아 옥상 구석에 세워 두었다.

"야아, 풀떼기 말고 쪽파나 심으라니깐."

"아, 이게 얼마나 구하기 힘든 것들인데요."

"뭐에 쓰는디?"

"향 만들어요, 흐흐흐."

"아직 정신 못 차렸어, 저게."

"아, 영자 씨! 말 좀 이쁘게 해, 나이가 깡패야, 아주."

"언니한테 말본새는, 영자 씨가 뭐여. 니가 그러니까 쟈도 날 영자 씨, 영자 씨 하잖여."

"그러거나 말거나."

둘을 보고 있노라면 배시시 웃음이 나온다. 진짜 나도 이제 호영이랑 슬슬 풀어야 할 텐데.

작년 여름방학 때였나. 건물 1층 영자 씨네 재활용 가게에서였다. 엄마랑 나는 가게 뒤편 고물 싱크대 아래에 쭈그리고 앉아 헌 옷가지며 신발들을 꼼꼼히 뒤지고 있었다. 하루가 다르게 부쩍부쩍 크는 내 발, 아무리 사도 신발은 하루가 멀다 하고 작아졌다. 구제 옷도 신발도 영자 씨 눈썰미 하나는 봐줄 만했다.

"이거 어때?"

"와, 캐신상인데?"

새거나 다름없는 데도 오천 원 딱지가 붙어 있었다.

"완전 거전데, 이거?"

둘이 좋아라 막 하이파이브를 할 참이었다.

"아미넨 완전 거지야, 엄마?"

호영이 목소리가 가게 앞쪽에서 들려왔다. 호영이는 초등학교 때까진 급식 짝꿍에 숙제며 시험공부도 늘 같이하던 절친이었는데 중학생 되고 서로 다른 반으로 계속 갈리더니 좀 서먹해졌다. 나는 얼른 엄마 귀부터 막았다. 또 서럽게 훌쩍일까 걱정이었다.

"걔는 왜 맨날 내가 신던 것만 신어? 엄만 왜 자꾸 내가 좋아하는 신상을 버려? 멀쩡한데 왜 자꾸 버리냐고 대체?"

"닥쳐."

"그거 사느라고 내가 얼마나 폭풍 검색했는지 알기나 해?"

"조용히 혀, 다 들려. 다 쓰러져 가는 건물이라 방음도 안 된다고, 여긴!"

"말해, 알아야 참건 닥치건 할 거 아냐!"

한동안 사방이 조용했다. 엄마는 하늘을 올려다봤다. 눈물 참을 때 잡는 전형적 포즈였다. 나는 심장이 미친 듯 쿵쾅거렸다. 어떻게 하지? 영자 씨가 먼저 침묵을 깼다.

"아미는 아빠가 없잖여, 아빠가."

"그걸 누가 몰라?"

"그러니 불쌍하잖여. 아빠 얼굴도 한 번 못 본 애여, 개가."

"왓 더 헬! 그게 뭔 소리야. 누군 그걸 몰라서 이러냐고!"

"근데 왜 이려?"

"웃기네. 그러니까 개 팔자가 나보다 훨 좋은 거지! 왜냐고? 갠 다행히도 아빠 같은 게 없으니까! 그래서 개가 나보다 훨씬 행복하니까!"

"뭐여?"

"근데 왜 개한테 몰아 줘, 뭐든! 저번에 보조 가방도, 공책도, 삼촌이 준 만년필도, 엉? 그게 얼마나 예뻤는데!"

아, 이게 다 무슨 개 풀 뜯는 소린가. 우리 둘 다 그만 뛰쳐

나가려다 말고 멈칫한다.

"악!"

뭐지? 사람 소리 맞아? 그건 놀랍게도 영자 씨였다.

"야, 이 미친년아. 아무리 주정뱅이라도 아빠가 있는 게 낫지!"

"양아치라도?"

"뭐여?"

"조폭인데도?"

"뭐, 뭐?"

"맨날 패고 목 조르는데도?"

"닥쳐!"

"그런 게 조폭인 거야, 어이고, 이 아줌마야."

"시끄러!"

"잔소리 대박에 꼰대에 경찰서 들락날락! 술 먹으면 사람도 아냐. 그게 뭐가 좋아, 아빠가!"

"그래도 이거 할아버지 건물이여, 이 배은망덕한 년아!"

"으응? 내가 뭘? 배은망덕이 무슨 뜻인지나 알아?"

재가 내가 알던 호영이가 맞나? 호환, 마마보다 무섭다는 중2. 진짜 무섭긴 개무섭네.

"와아, 난 아미 짱부럽다, 개부럽네 뭐. 아빠 같은 거 없는 게 나아. 죽어 버려, 다 죽어, 죽는 게 나아! 다 죽어, 죽자고,

우리!"

이어 둘이 있는 힘껏 악쓰는 소리, 사방 다세대 사람들 문 열고 수런거리는 소리, 뭔가 부서지는 소리, 던지고 날아가고 피하다 호영이가 윽 하고 뭔가에 퍽 부딪혀 쓰러지는 소리까지. 보통 어른들보다 두 배쯤 덩치가 크고 얼굴도 크고 동글동글한 호영이, 눈도 크고 동그래서 늘 놀라 있는 것 같은 호영이, 그게 다 그 양아치 조폭 아빠 때문에 그런 거였나? 호영 아빠가 안 보이는 건 유치장 아니면 치료소에 가 있는 거란 말을 엄마한테 얼핏 들은 것도 같았다. 결국 호영인 영자 씨가 던지는 물건들을 피하고 피하다가 우리가 진땀을 흘리며 숨죽이고 쪼그려 있던 고물 더미 속으로 뛰어 들어왔고, 우린 거기서 마침내 사자 대면을 했다.

"커밍아웃 러시네."

엄마는 끙차 하고 일어나 싸늘하게 그 한마디만 하고 흐느적거리며 천천히 옥상으로 향했다. 그날 이후, 한동안 시간이 약이라고 엄마랑 영자 씨는 어찌어찌 다 풀린 거 같은데, 나랑 호영이는 서로 피하기만 하는 중이다. 아시다시피 이런 문젠 우리가 더 예민한 법이다.

4

엄마가 밖에 나가려고 신발을 갈아 신는 나를 물끄러미 바라본다. 엄마는 그날 이후 적어도 신발만큼은 늘 새 걸로 신겼다.

"왜, 나가지 마? 언젠 자꾸 나가라며?"

"별점 봐 달라 그랬지?"

"엉, 봐 줄 거야?"

"일로 와 봐."

"호이호이 호이호이!"

엄마 일이 창피하다면서도 내심 바라던 일이라 나는 신나서 펄쩍펄쩍 뛴다.

"이게 네 인생 청사진이야. 영혼의 지도인 셈이지."

"그렇다 치고, 점괘를 말해 주시오."

"점괘가 아니고 출생 차트 리딩, 네 천궁도를 해석하는 거야."

"뭐든 좋소. 어서 신탁을 말하시오."

"아가, 넌 궁수자리 태생이야. 여기 이 페이지 그림을 보면 반인반마가 있지? 그게 바로 궁수야. 다누라고 불러, 인도에선. 활이란 뜻이지."

"그러네. 나 화살 쏘고 있는 사냥꾼이네. 흐흐, 개멋지다."

"그러니까 활통을 들고 민첩하게 온 우주를 마음대로 누비는 켄타우로스가 바로 너의 상징이야. 네 고유의 포스라고."

"스타워즈 그 포스?"

"응, 그거. 네가 젤 많이 가지고 태어난 힘. 네 에너지의 특성이야. 그러니까 우리 아미는 현자 케이론이 되어야지 주정뱅이 반인반마가 되면 안 되겠지?"

"어쩌라고."

"그게 여기 딱 네 새벽 별자리야. 네가 태어난 시간도 꼭 새벽, 그때 그 별자리도 활동적인 불의 궁수님. 근데 신기한 건 여기 태양도 들어 있고 목성도 있어. 넌 너 자신이 굉장히 중요한 사람이네. 자아가 무지 강한 거지. 끝없이 뻗어 나가는 자아, 그렇네."

"뭔 소리야. 세상에 자기가 젤로 안 중요한 중딩이 어딨어?"

"난 안 그랬는데? 물의 별자리들은 좀 달라. 게다가 엄만 공기들도 많아서 자신보단 더 큰 세계에 늘 관심이 많아."

"피이."

"봐 봐, 넌 전갈, 사수, 사자 세 가지 별 무리들로 세 가지 생들이 줄줄이 이어져 있거든."

"건 또 뭐야?"

"음, 과거 일로 초년에 고생이 좀 많긴 해도."

"건 좀 맞네, 낄낄."

"언젠가 훨훨 자유롭게 날아간다. 그리고 언젠가 많은 사람들을 이끈다. 뭐 그런 뜻이랄까. 물론 까딱하다 혼줄 놓으면 다 도루묵이지만. 엄마가 늘 세상에서 젤로 중한 게 뭐랬지?"

"정신 줄. 다른 말로 혼줄, 또 다른 말로 은줄. 자 됐지?"

"아이고, 똘똘해라."

"알아, 아니까 어서 또 말해 줘, 그래서?"

"출생 차트 리딩은 절대 뭘 예언하거나 결정된 걸 줄줄 읊어 주는 게 아냐. 넌 어떤 기세의 사람이냐, 즉 어떤 포스를 쓰면 좋냐, 그 포스를 어떻게 하면 현실적인 파워로 잘 바꿔 쓰느냐, 그런 이야기야. 또 나중엔 그 힘을 모아 또 어떻게 여길 벗어나느냐, 이 지옥을 무사히 탈출하느냐, 그것까지 여기 이 지도에 다 나와 있는 거지."

"픕, 좀 그럴싸. 근데, 지옥? 여기가 지옥이야?"

"아, 마음의 지옥, 감옥, 그런 거 느끼는 사람 많잖아. 그런 뜻."

"으음. 것도 꽤 그럴싸."

교실이 언젠가부터 동물원 우리같이 느껴지곤 했으니, 맞다.

"봐, 미신 아닌 거 맞지? 창피해하지 마, 이제, 응?"

"남들이 그렇게 알아줘야지 뭐. 아직도 난 엄마 말하는 거 다 만화 대본이나 게임 스토리 같아."

그러면서 또 금세 별무룩해지는 나.

“이제 여길 좀 볼까. 이 자금자금한 기호들은 이 별 무리들을 다스리는 한 계급 높은 별님들인데 말이야.”

“별들에도 계급이 있어?”

“힘이 더 세다는 뜻.”

엄마는 아무 대꾸 없이 마치 크고 둥근 수레바퀴 같은 내 출생 차트 중 한 군데를 집게손가락으로 가리킨다. 하지만 내 눈길은 순간 영 엉뚱한 델 보고 있다. 우와, 이게 뭐지?

“너 동쪽에 태양이랑 주피터, 즉 목성이 들어 있다 그랬잖아. 이게 아주 굉장한 싸인이다 이거지. 듣니? 근데 그 바로 옆엔 라후, 정반대엔 케투가 있는 바람에.”

“어, 이거 뭐야? 어디서 났어? 첨 보는 건데?”

엄마의 오른쪽 약지에 커다란 보랏빛 반지가 끼워져 있었다.

“뭐야?”

“칠망성, 셉타그램 커팅이야.”

테두리는 밝은 은빛, 알은 자줏빛 감도는 투명한 보랏빛. 저게 어디서 났지?

“힐링 링이야. 자수정이 그런 일을 좀 해.”

“이거 끼면 엄마 몸이 더 좋아져?”

“아니. 엄만 이젠 뭐든 사람들이 먼저야. 이걸 보면 사람들이 반응해. 어떤 사람은 기분이 나아지고 어떤 사람은 아픈 게 나아지고. 세상 모든 광석들 안에는 아주 강한 빛이 들어 있거든. 그 빛에서 각자 필요한 걸 가져가는 거야. 그 빛이 무지 강하면 귀하다, 흔치 않다고들 하지. 그래서 보석이라 부르는 거고. 원래 보석은 요즘처럼 사치품이 아니었거든."

"그럼?"

"아픈 걸 낫게 하거나 힘을 주는 특별한 돌이었달까?"

"암튼, 됐고! 그거 내가 낄래. 나 줘, 나 줘, 나 아파. 기분도 자주 나쁘고."

"어, 잠깐만!"

그때 말끔한 차림의 웬 남자 하나가 옥상으로 올라오고 있었다. 엄마는 얼른 반지를 등 뒤로 감추었다. 누구한테 안 보이고 싶은 거야? 헷갈릴 새 없이 남자는 뚜벅뚜벅 우리 쪽으로 다가왔다. 전체적으로 단정했지만 답답하진 않은 차림, 머플러에서 양말, 신발까지, 와우, 깔 맞춤, 쩔었다. 음, 저런 걸 사람들은 세련되었다고 하는 거겠지? 남자가 골똘히 자길 바라보는, 사실 쏘아보는 날 먼저 발견하곤 씩 웃는다. 꼭 엄마의 한때 최애 드라마 남주가 웃는 것만 같았다. 우와, 누구지? 누군지 궁금해서 나가지 말까 했지만 옥상은 벌써 너무 추워졌고 은내역 학원가 딱 몇 군데서만 파는 매콤당면이 그날따라 너무 먹고 싶었다.

게다가, 방금 전 내 별자리 풀이를 들으면서 순간적으로 작은 결심을 하나 했다. 엄마도 이젠 내가 많이 답답했었나? 하긴, 그럴 만도 하지. 그렇다고 너무 티 나게 변하는 건 나답지 않고. 좋아. 일단 호영이랑 화끈하게 풀자. 그리고 딱 하나만 물어보자. "학원은 좀 다닐만 하디?"

엄마는 내가 머뭇대는 사이에 마치 오래 아는 사람이라도 되는 것처럼 활짝 웃으며 그 남자를 반겼다. 엄마보다 나이가 있어 보이는 한마디로 인상 좋은 아재였다. 호영이, 학원, 그리고 맛난 비빔당면과 모호한 불안감 사이, 나는 그냥 중딩답게 친구와 당면 쪽을 선택하기로 했다. 불안감을 느끼는 자체가 왠지 더 스스로 불쾌해졌기 때문이다. 자존심이 좀 상했달까.

3장

웨딩홀의 털보와 똥 머리, 그리고 은발신사

1

은내천에서 마치 지류처럼 갈라진 불광천을 따라 하염없이 걷다 보면 다시 여러 갈래 천과 천변들이 나온다. 사람들이 잘 가지 않는 천변 갈랫길은 숨어 있는 지름길이기도 해서 끝까지 가다 보면 근처 여러 개의 작은 시내들이 하나둘 모여 미니 폭포를 이루고 있는 모양새다.

그 미니 폭포 뒤로 또 다른 샛길을 통해 둔덕들을 따라 또 한참을 걸으면 사람들 눈에 띄지 않는 학원가 뒷길이 나온다. 뒷길에서 대로변으로 직진, 또 직진, 그러면 마치 영화 배트맨의 고담시를 100분의 1쯤 축소해 놓은 듯한 은내천변 대규모 학원 스트리트가 좍 펼쳐진다.

대치스카이, 강남이투스, 로그, 프라임, 예일, 하버드, 프린스턴, 뇌호흡, 뉴 로고스, 플라잉 수학, 무슨무슨 특별반, 종합반, 단과반, 언어, 수리, 과탐, 사탐. 철 지난 간판, 트렌디한 간판, 아예 대놓고 대성, 종로, 등용문, 그냥 용문. 아마 이 동네에서 가장 많은 면적을 차지하는 1위 상호는 학원, 2위는 병원일 것이다. 3위가 비로소 학교, 아니, 그것도 실은 붉은 십자가를 장착한 교회들에 양보해야 할 판.

학원가 한복판엔 십자로가 있다. 그 십자로 중심으로 셀 수 없이 많은 가게들이 다닥다닥 즐비하다. 대개 먹고, 입고, 노는, 그런 자금자금한 가게들이다. 그러니까 은내의 십 대들은 방과 후 대부분 여기서 먹고 시험 치고 노래한다. 평소 나랑은 썩 맞지 않는 동네란 생각을 했다. 너무 시끄럽고 너무 복잡하다.

매운당면만 사 먹고 호영이만 좀 찾아보고 얼른 집에 가야지. 그 남자는 누굴까. 그나저나 비빔당면이었나, 매콤당면이었나? 아 헷갈려. 너무 오랜만이라 여기저기 간판을 두리번거리며 걸었다. 그러면서 혹시 호영인가 싶어 또래 얼굴들도 부지런히 흘깃거렸다. 방학 다음 날인데 여긴 정말 아이들이 엄청나게 많았다. 은내천 일대 중고등학교를 고스란히 옮겨온 것 같았다. 그때였다.

"야! 독고!"

어디선가 꽥, 쉰 비명을 지르는 듯한 변성기 성대 하나가 날 콕 찍어 불렀다. 아, 제발. 어려서부터 청학동이니 사차원이니 꼬랑지니 하며 나만 보면 짓궂게 놀려 대는 녀석들이 있었다. 사실, 여러분도 익히 잘 아는 상황 아닌가. 십 대가 주인공인 영화나 드라마 어디에든 꼭 등장하는, 이들이 없으면 진도 절대 뺄 수 없는, 학원물 작가들로선 아주 감사해야 할 십 대 스토리 최대 조연들. 맞다. 이 맥락에선 삼족오 일당의 등장이다. 신화 속의 상서로운 새 따위와는 뭐 일절 상관이 없고 세 발 달린 오징어라고 내가 특히 명명한 '저질' 중의 저질들이다. 그래도 조상들의 신성한 태양새인 삼족오를 저따위 양아치들에게 비하자니 내 마음이 좀 그렇긴 하다. 그렇지만 일단 나부터 살고 봐야겠다. 보통 귀찮은 녀석들이 아니기 때문이다.

"야, 독거미!"

"야, 독고똥꼬!"

쓰레기들이 슬슬 다가오고 있었다. 순간 배에다 빡! 온 힘을 주고 제발 잡히지만 말아야지, 기도하며 달음질쳐 학원 스트리트 십자로 중앙, 원형 광장을 향해 나는 어느새 질주하고 있었다. 아이들 인파 속에 슬며시 묻히려는 것이었다. '가오' 열라 상하지만 어쩌랴. 몸이 마음을 앞설 때가 종종 있는 법이다.

"어이, 싸이코, 거기 안 서?"

"헤이, 또라이, 존말 할 때 서라!"

미쳤냐, 내가?

"야!"

미쳤다며? 근데도 곱게 서길 바라냐? 그때였다.

"어이, 점재-이~!"

순간, 내 귀를 의심했다. 뭐라, 이것들이? 다른 건 몰라도 내 엄마를! 보자 보자 하니까, 가만가만 있으니까, 뭐, 뭐라고? 분노 게이지가 만랩 차오르는 순간이었다. 누가 봤으면 두 눈 레이저 빔에 시뻘건 불길이 활활 타올랐으렷다. 언젠가부터 내 뒤에서 무당이니 점쟁이니 하며 수군거리는 걸 평소 내 모르는 바 아니었다. 하지만 바로 코앞에서라면 다르지. 이건 우리 청소년계의 룰을 완전히 어긴 것이다.

가족모독, 결사항전!

무서운 속도로 내빼다 홱, 순식간에 역시 무서운 속도로 턴! 삼족오 중 가장 만만한 바게트한테 두 주먹 앞으로 좌-아-악 뻗고 무작정 돌진, 단숨에 뽀개 버리려던 바로 그 찰나였다.

나는 그만 정확하게 둘로 쪼개져 버렸다.

2

부스스 눈을 떴다. 사방이 온통 깜깜하다. 잠시 기억의 필름을 휙휙 되감아 본다. 생각난다. 내가 반으로 딱 쪼개졌었다. 아니 둘로 분리되었다는 게 더 정확한 표현이다. 그러니 이렇게 뻗어 있는 것도 뭔가 자연스럽긴 하겠다. 하지만 여긴 어디? 난 누구? 의식에 불이 하나둘 깜박깜박 들어온다, 크리스마스 꼬마전구처럼. 더불어 이런저런 의문이 솟구친다. 나는? 세 오징어들은? 아까 그 정체 모를 갑툭튀 거인은?

앗, 개눈부셔. 여러 개의 LED 불빛이 일시에 들어왔다. 다행히 난 죽은 것도 납치된 것도 아닌 거 같다. 처음 들어와 본 모종의 휑한 건물 안에 있는 너른 방, 그 한 구석탱이 어느 푹신한 소파 위에 길게 뻗어 있었다.

자, 침착하자. 어제가 2학기 종업식이었다. 오늘부터 겨울방학 1일이 시작되었고, 난 매운당면이 무지하게 먹고 싶었고 이제 열다섯의 끝물이고 엄마는 점, 아니 별 볼 일 있는 사람이고, 무당이나 점쟁이 같은 거 절대 아니고. 그래 다 말짱하다. 이제 팔다리를 주섬주섬 하나씩 챙겨 모아 보도록 하자.

아, 뒈지게 아프다. 동시에 사람 형체의 그림자 하나가 내 누운 얼굴에 쓱 하니 드리워지고, 영화나 드라마에서처럼 난 누워 꼼짝달싹 못 한 채로 한 남자의 얼굴을 올려다본다. 아까 그 엄마 찾아온 핸섬 가이인가? 혹여 둘 사이의 장애물인 날 제거하려는 것일까? 아니다. 아까 그 남자보다 훨씬 부들부들한 타입이다. 다행이다. 어디선가 은은한 오렌지 향이 솔솔 코끝에 감긴다. 그러자 긴장이 풀리고 다시 잠이 미친 듯 몰려온다. 안 돼. 여기가 천국인지 지옥인지 몰라도 몸을 좀 일으켜 봐야겠다. 아, 안 돼, 아직, 꼼짝달싹 못 하겠다.

"아직 힘이 하나도 없네, 얘가."

"아아, 하아하아. 아아. 어어."

"말도 잘 못 하네, 아직."

"충격이 대단했을걸."

"저 정도면 다행인 거지."

자꾸만 잠이 온다. 그러니까 이건 다 꿈이야. 응, 자각몽인 게지. 그런 생각을 하자마자 머릿속에 크리스마스 꼬마전구가 아니라는 듯 도로 딸깍 켜진다. 엄마? 어딨어? 나 배고파. 수프 좀 끓여 줘. 이건 또 뭐람. 바로 눈앞에 엄마가 보인다. 아까처럼 둘로 분리된 나의 반쪽이 우리가 사는 옥탑집 지붕, 그 동그란 유리 창문 위로 단숨에 와 버린 것이다. 그럼 나의 반절은 여전히 꿈속을 헤매는 중인가.

나의 시야는 옥탑집 천장에 있고 모든 벽을 투과해 실내 전체를 볼 수 있는데, 우리 집 첨성대 마루에선 아까 그 사내랑 엄마가 여태 도란거리고 있다. 그렇다면 아까부터 시간이 하나도 흐르지 않은 건가? 역시 모두 꿈이었나? 라비야, 혹시 내 말 들려? 미친 것 같겠지만 이 마당에 망원경이라고 나랑 말하지 못하란 법이 있겠나 싶었다.

"글쎄요. 다시 방송 나가는 건 한 번도 생각 안 해 봤는데요."

엄마, 그리고 방송? 엄마가 방송을?

"소문이 여기까지 들려와서 그렇습니다."

"아, 그게. 어쩔 수 없었어요."

"이렇게 공개적인 활동을 재개하신 걸 보면 세상으로 이젠 나오시는 게 아닌가도 싶고."

"그래 봤자 제 앞날도 몰랐는데요."

엄마의 얼굴이 갑자기 어두워졌다. 어이, 핸섬 가이. 그게 대체 뭔 말이야? 하지만 아무리 입을 달싹거려 봤자 내 성대와 혀와 입술은 지금 이 지붕 위엔 없다, 어흑.

"사람들이 그때 너무 상처를 많이 줬었죠."

"상처라기보다…. 오빠, 그만 말 놓으세요, 이제."

"그래도 그때 그 프로그램 살린 건 난다 긴다 하는 영능자들 틈에서 단연 수린님이었지요. 항상 감사하고 있습니다. 덕분에 지금까지 저도 잘…."

"아니, 우연이었어요. 감사라니 당치 않습니다. 그때 전 스물을 갓 넘겼었잖아요."

"그래도 사람들은 수린을 모두 만신이라 부르며 우러러봤었지. 참 신기한 일이었어, 모든 게."

"어휴. 만신은 세상 모든 신을 대리한다 해서 일만 만 자, 만신이라 이르죠. 위쪽 지방에서 무당을 높여 부르는 말인데 전 이북 출신도 아니고. 누구보다 잘 아시잖아요. 제가 강신무도 세습무도 아니라는 걸요. 그리고 그땐 잠시 우쭐한 마음에 함부로 입을 놀렸다 온갖 구설수 끝에 잠적했고요."

"그 점은 진심으로 늘 내가 미안하게 생각하고 있어."

"다행히 제 삶이 거반 무너졌을 때 그 먼 산까지 이끌려 갔고, 게서 대장이 절 구하고, 우리 아미 태어나고, 근데 그이가 그렇게 홀연히 또 떠나고, 삶이 또 우지끈 뒤집어졌죠."

"대장 소식은 진작 들었는데 면목이 없다, 진짜. 내가 먹고사느라고."

"무슨, 제가 꼭꼭 숨어 있었는걸요. 그런 생각할 사인가요, 우리가."

뭐야, 어떻게 된 거지? 엄마가 핸섬 가이에게 선을 딱 그은 거 하난 마음에 든다만, 앞으로 어떻게 얼굴을 들고 다니지? 만신? 무당? 어이쿠, 내 신세야!

"가 볼게. 또 와도 되지?"

"그러지 않는 게 낫겠어요. 아미는 모르거든요, 아무것도."

"아미는 잘 큰 거지, 물론? 아까 보니 아주 근사하게 자랐던데."

"네. 그런데, 아미는 제 옛 시절을 하나도 몰라요. 요즘 애들은 학교교육 탓인지, 매스컴 탓인지, 무당이든 영성가든 분간도 없이 심한 편견이 있어요."

"그래?"

"엄마가 창피하대요, 계속."

"알겠어, 조심할게. 조심하면 또 와도 되지?"

"아이고, 오시는 거야 못 말리죠."

남자는 손을 경쾌하게 흔들며 계단 아래로 사라졌고 엄마는 남자의 모습이 보이지 않자 털썩 힘없이 소파에 길게 드러누웠다. 간만에 보는 멍하고 헛헛한 표정이었다. 그런 엄마에게 당장 뛰어 내려가고 싶었다. 그러려면 일단 몸을 되찾아야 했다. 어디 있지? 내 몸? 내 반절? 그 생각을 하자마자 그 낯선 건물 푹신한 소파 위로 나는 즉각 되돌아왔다. 오렌지 향이 다시 코끝에 달큰하니 감긴다. 입이 말라붙었다. 배도 정말 뒈지게 고팠다.

"아까처럼 내가 얼싸안고 집으로 데려다줄까."

아, 깜짝이야! 고막을 둔기로 때리는 듯한 걸걸한 허스키 보이스가 우왕우왕 들렸다.

"글쎄, 어떻게 하지?"

이번엔 저음의 바리톤, 인간 첼로가 따로 없었다. 듣기 편했다.

"그러게, 왜 그런 경솔한 일을 해서는, 쯧."

누군가 허스키 보이스를 나무라는 것 같았다. 이번엔 맑고 고운 피리 소리? 비슷했다.

"안 그랬으면, 라비랑 라다 아이가 어떻게 됐을지 생각해 봤어?"

다시 굵은 허스키 보이스. 그래, 맞아! 나 아까 거의 죽을 뻔한 거 맞지? 그러자 조금 전 기억이 모두, 단번에 싹, 되살아났다. 근데 라비랑 라다 아이? 내가 설마 엄마랑 망원경 사이에서 태어났단 거야, 뭐야!

3

"점재이!"

"죽고 잡냐?!"

자, 지금처럼 정신을 잃고 누워 있기 전 상황으로 돌아간다. 내가 삼족오의 도발에 엄청 화가 나서 두 주먹을 최대한 앞으로 죽 뻗었었지. 무작정 인파 속으로 내뻬려다 말고 휙, 턴, 뒤로 돌아 '불타오르는 적개심으로' 삼족오 서열 3위쯤 되는 바게트를 단숨에 제압하려는 순간, 나, 아니 내 절반 몸뚱이는 그만 학원 스트리트 십자로 정중앙에 납작 널브러져 버렸더랬다. 그리고 절반의 나는 그걸 멀뚱히 놀라 바라보면서 새털처럼 가볍게 공중으로 휙 날아가다 잠시 멈췄었다. 그러니까 유체이탈 순간이동? 나보다 더 놀란 얼굴로 납작 널브러진 나를 멀뚱히 보고 있던 삼족오 일당, 그로부터 대략 3-4미터 거리, 상방 30도 직선 방향으로 튕겨 나가서 이 모든 사태를 속수무책으로 바라보고 있는 투명하고 커다란 또 하나의 나, 마치 쌀자루 같던.

누가 진짜 나인가.

널브러진 몸뚱이를 의식하고 있는 이 쌀자루가 진정 나인가, 힘없이 널브러진 저 몸뚱이가 참 나인가. 얼핏 봐도 하나는 유령 같았고 하나는 허수아비 같았다.

그런데 놀라운 것은 저 둘 사이가 가느다란 빛의 실 같은 것으로 연결되어 있었다는 것! 은빛으로 하얗게 반짝거리는, 연기 같기도 목화 실타래 같기도 한 어떤 줄, 엄마가 이따금 재미나게 들려주던 은줄, 실버 코드의 존재는 이제 보니 엄연한 하나의 사실이었다. 육체와 영혼을 이어 주는 하얀 실 같은 것, 모든 이의 정수리와 심장에 각기 그 닻을 내리고 있으며 그 두 실은 다시 하나로 이어져 멀리 별들의 세계로까지 이어진다는. 예부터 내려오는 혼줄이 나갔네, 혼줄났다네, 정신 줄을 붙들어야 하네, 하는 여러 말들의 근거들을 내가 지금 막 전 존재로 목도하고 있는 중이었다.

순간, 나는 강렬하게 직감했다. 엄마 말대로 전생의 지혜인지 뭔지 몰라도 이건 내 생애 엄청난 위기의 순간이라는 것. 내 몸을 놔두고 또 하나의 내가 스르르 몸 밖으로 빠져나온 게 분명했다.

맞다! 그 영화 〈닥터 스트레인지〉의 병원 신에서처럼! 아, 혼비백산이란 이럴 때 쓰는 말일까! 내 혼은 위로 날아가고 내 몸은 아래로 흩어져 버렸도다. 그럼 나, 혹시 죽은 것일까? 그렇다면 곧이어 내 몸뚱어리를 마구 흔들려는 저 삼인조 또한 느낌상 절체절명, 큰일이닷.

야! 너네 나한테 그러지 마! 그렇게 함부로 내 몸을 다뤄선 안 된다고! 다들 어서 비키란 말이야!

들어가야지, 도로 들어가야지, 어서어서. 그런데 어떻게 내 몸으로 도로 들어가지?

그때였다. 어디선가 휘영청, 만월이 뜬 것처럼 눈부신 빛이 무슨 모포처럼, 부드럽지만 아주 날쌔게, 순식간에 나를 둘둘 말아 안았다. 그렇게 내가 내 몸속으로 다시 막 들어가려는 찰나와, 그 빛의 모포가 지푸라기 인형 같은 내 몸뚱이를 가볍게 품어 올리며 삼족오들을 밀쳐 버리는 일이 모두 한 찰나, 동시적으로 일어났다면 누가 과연 믿겠는가. 그 존재는 게다가 붉으락푸르락한 헐크? 마블 코믹스가 야심 차게 준비한 뉴 슈퍼 히어로인가? 거기까지 속으로 종알거리다 나는 그만

스르르 진짜로 정신 줄을 놔버린 것 같다.

소파 위로 돌아와 찬찬히 주위를 살펴보니 붉으락푸르락 한 헐크처럼 보였던 거한은 엄청난 체구의 털보 어른이었다. 보통 사람의 서너 배쯤 되는 몸무게와 내 한 배 반쯤 되는 키에 남녀 구별이 도저히 불가능한 펑키 헤어와 누덕누덕 기이한 옷차림을 하고 있었다. 여러 판타지 속의 거인 그대로였다. 맞다, 저 털보, 해그리드 닮았다. 해리 포터에 나오는 거인 털보 아재, 똑 닮은 외양이다. 하지만 말과 얼굴은 그냥 아시안, 남녀 국적 구별 불가의.

"여긴 어딘가요?"

"보이는 대로야."

거인이 말했다.

"꿈은 아니죠?"

내가 다시 물었다.

"아니다. 잘 봐라. 너도 아는 곳이다."

이번엔 저음의 인간 첼로 씨가 답해 줬는데, 가만 보니 그는 올백 머리, 은발의 노신사였다. 아까 누워서 올려다봤을 땐 분명 중년 정도의 아재였는데, 이상하네.

"혼자 일어날 수 있겠니? 잡아 줄까?"

이번엔 또 날렵한 몸매에 똥 머리를 틀어올린 여자사람어른이 피리 같은 목소리와 동시에 쓱 나타나 내게 긴 팔을 내민다.

"어떻게 된 일인가요? 방금 전 엄마를 봤어요. 아, 빨리 집에 가 봐야겠어요. 그나저나 지금 밤이죠?"

"혼자 걸어갈 수 있겠어?"

노신사.

"다시 안아서 데려다줄까?"

털보 거인이 코를 찡긋하며 장난스러운 표정으로 내게 쿵쿵 하고 성큼 다가온다. 주변 공기가 순간 출렁거린다. 아직 몹시 멍했다.

"손대지 마!"

"아미야!"

아뿔싸, 내가 무슨 절체절명 위기에라도 빠진 듯 내 또래 것들의 비명이 일제히 터졌다.

"호영아!"

"아니, 욘석들이!"

"아-아-악!"

털보 거인은 입구 쪽 다 낡아빠진 조화 무더기에 지금까지 숨어 있었던 듯한 호영과 삼족오 일당을 단번에 두 팔로 쓸어 담듯 둘씩 움켜쥐고 나와 노신사와 똥 머리 여자어른이 있는 곳으로 쭉 밀어 버렸다. 무슨 인간 포크레인 같았다.

"어쩐 일이야, 호영아?"

"재들이 너, 여기로 끌려갔대서."

중2 다섯, 어른 셋. 그리고 여기는 둘러보니 지난여름 폐업한 문화웨딩홀 안으로 짐작되었다.

"아, 머리 아파. 이제 이 일을 다 어떻게 수습하죠?"

피리 목소리 여자가 관자놀이께를 두 손으로 꾹꾹 누르며 소파에 주저앉더니 고개를 절레절레 흔들었다.

"모두 비마 때문이야."

"꼭 그런 건 아니지, 날탄."

아마도 털보 거인과 똥 머리 여자의 이름인 것 같았다.

"유디스, 이제 진짜 어쩌죠?"

이번엔 은발 노신사의 이름인가 보다. 어른들 셋이 나름 퍽 세련이다. 요즘 애들처럼 이름을 다 지어 부르네.

고터, 바게트, 간자.

세 명의 삼족오들도 조르륵 얼음처럼 굳은 채 서 있었다.

"우리 이렇게 만난 것도 기적 같은데, 서로 인사나 할까? 여기 앉아라."

유디스라 불린 은발 노신사가 우릴 불러 모았다. 누가 봐도 원장님 삘이 팍 났다.

"환영한다. 이래 봬도 여기가 은내 학원 중 하나란다."

갑작스러운 상황에 서로 데면데면하던 중2병 환우들 다섯의 마음이 순간 일치했다.

"에-에-이. 여기가 무슨 학원이에요?"

"알지, 여기 전에 예식장이었던 거? 방금 우리가 인수했다. 지금 한창 내부 수리 중이고. 갑자기 급한 사정이 생겨서."

그러면서 은발 신사가 갑자기 털보 거인을 찌릿 하고 노려보는 걸 난 순간 봤다. 어떤 장면에 집중하면 움직임이 미분되거나 안개처럼 부옇게 변하면서 순간 정지하기도 한다. 어릴 적부터 그랬다. 암튼 한마디로 남들이 잘 못 보는 걸 나는 잘 본다. 아, 그런 걸로 난 또 애들을 자주 놀려먹기도 했구나. 코를 후빈다거나, 가랑이 사이를 벅벅 긁는다거나, 뭘 몰래 훔친다거나. 누구라도 숨기고 싶은 장면들, 안 보이고 싶은 버릇들을 그때마다 꼭 집어 큰 소리로 온 세상에 떠벌떠벌. 음, 그래서 또라이라 그랬나, 저것들이? 항상 나더러?

"이제 우리도 곧 동계 시즌 들어갈 거란다. 너희들이 일착으로 와 본 셈이구나."

"누가 이런 꾸진 델 다녀요? 전 이미 전 과목 다 끊어 놨어요, 아이비랑 프라임으로."

"진짜? 너 거기 붙었어?"

세 오징어들 중 공부에 젤 스트레스 받는 간자가 호영에게 다급하게 묻는다. 나머지 둘은 웬일로 조용했다. 평소엔 입에 대형 걸레를 문 것들이 여기까지 와서는 얌전을 빼고 자빠졌다. 이처럼 쪼르르 따라온 건 분명 내 신세가 궁금해서였겠지. 두고두고 놀려먹을 거리라도 뭐 있나 해서 말이다.

"진짜 학원이에요?"

가느다란 쇳소리의 고터. 키보드 워리어에 IT로 할 수 있는 가지가지 못된 짓은 다 하는 애다. 고터는 고질라 헌터의 준말. 어려서부터 한국괴수영화와 창작애니에 대한 혐오와 증오가 지독할 정도로 심해서 내가 홀로 작명해 부르고 있다. 간자랑 쌍으로 대한민국이라면 뭐든 까대고 씹고 혐오한다. 마침내 언젠가는 그 혐오까지 혐오하다 스스로도 혐오하게 되겠지. 그리고 더 씹을 게 없음 자기 혓바닥이라도 마침내 씹어먹을 그런 자식이다.

"테스트 봐요? 수강료는요?"

이번엔 바게트다. 삼족오의 영원한 시다바리. 녀석은 고터와 간자의 똘만이로 살아간다. 몸 전체가 단일한 구조로 되어 있다, 거대하고 길쭉한 프랑스 빵.

"아니, 인근 학원 중에선 무조건 젤 싸게 받을 거다."

"정말요?"

간자 얼굴이 환해졌다. 공부와 돈, 이 나라 중딩이라면 누군들 비슷하겠지만, 간자는 두 가지 스트레스가 유독 심했다.

"너희들도 다녀 볼 테야?"

"비마, 우리 아직 광고지도 준비 안 됐어."

"미안, 날탄."

"라다한텐 누가 갈 건데?"

거인 비마는 똥 머리 피리 목소리 여자한테 늘 혼나는 게 주요 콘셉트인가 보다. 그렇담 똥 머리가 날탄. 라다는 누구지? 어디서 들었는데.

"시험 같은 거 진짜 안 봐요?"

으응? 삼족오들이 웬일? 이 와중에 여섯 개의 눈알이 초롱초롱 모두 유디스에게 꽂혔다. 그래, 강자에게 약한 것들. 누가 봐도 원장각이니까 그럴 테지. 난 그저 빨리 엄마한테 달려가고 싶다. 다시 속이 메슥거리고 울렁거린다. 소파에 몸을 완전히 맡기고 숨을 고른다. 어지러운 게 좀 가셔야 집엘 걸어가든 타고 가든 할 텐데. 그런데, 가만 보니 재미난 풍경이다. 사진이라도 한 컷 찍어 둘걸 그랬다.

올백 머리 은발 신사 유디스, 털보 거인 비마, 똥 머리 피리 목소리 날탄. 세 어른과 다섯 아이. 게다가 장소는 중세 유럽 고성을 본 떠 만든 텅 빈 예식홀, 그것도 신부대기실 소파에 조르르 모여앉아 띄엄띄엄 주섬주섬 서로 말을 섞고 있다. 내가 오늘 둘로 갈라지지만 않았다면 절대 볼 수 없는 진풍경이었다.

4

"넌 어떻게 할래?"

"네? 저요?"

"넌 여길 다시 와야겠는데?"

뭔 소리야. 학교도 간신히 다니는데. 오갈 데 없어서 요즘은 더 열심히 다니고 있는데 무슨 학원이야. 이들도 다른 어른들처럼 실력을 길러라, 공부에는 때가 있다, 이러려는 거겠지?

"여기 혹시 무슨 입시사관학교 같은 거예요?"

호영이 둥글고 순진한 얼굴로 묻는다.

"아니, 우린 억지로 공부 절대 안 시켜. 저절로 하게 하지."

진지한 표정의 날탄, 제일 젊고 똑 부러져 보인다. 총무나 접수를 보시나?

"그럼 대안학교 같은 거예요?"

"대안학교는 또 뭐냐?"

털보 비마가 우리한테 도리어 묻는답시고 소리를 꽥 질렀다.

"목소리 좀 줄이지, 비마. 애들이 놀라겠네."

"대안학교란요, 영어로 하면 얼터너티브 스쿨, 교육 수용자, 즉 학습자 중심의 액티브 러닝을 추구하는 곳이죠. 문제아 수용소랑은 이제 거리가 멀어요. 귀족형 대안학교도 많고요. 제가 사실 거기 초등 출신이걸랑요.”

뭐야, 간자. 네가 대안 출신? 언빌리버블!

“음. 얼터너티브라면 우리도 그에 못지않지. 액티브 러닝도 물론 대환영이고. 하지만 여긴 대안학교하곤 다르다. 학교 하나 만드는 건 지나치게 복잡해서. 학부모 변수도 좀 위험하고. 암튼 그냥 우리 셋이 후딱 만들기엔 이런 아카데미가 제격이지. 맞지요, 날탄?”

날탄이 고개를 까딱하며 웃는다. 곱다.

“원장님이세요?”

그러자 유디스가 갑자기 껄껄 웃는다.

스피리츄얼 가이더

요즘 트렌디한 판타지마다 등장하는 어휘다. 영적 안내자, 예전에는 이너 쏘울Inner Soul이나 가디언 엔젤Guardian Angel이라는 말이 많이 쓰였지. 스피리츄얼 가이더Spiritual Guider, 줄여서 그냥 가이더라고도 한다. 난 유디스의 파안대소를 보며 그 단어가 생각났다. 이상한 일이었다. 그냥 불쑥 이마 앞에 마치 타이핑 치듯 그렇게 떠올랐다.

“나? 원장님? 아니다. 우린 그런 것도 따로 안 두려고 한다.”

잠시 정적이 맴돌았다. 그런데, 금호영이 갑자기 당돌하게 굴었다. 나이 든 남자어른만 보면 가끔 저런다니까.

“왜요? 학원 하는 거 처음이세요?”

"호영아, 그럴 땐 왜요라고 하는 게 아니야. 죄송합니다."

아무래도 내가 좀 나설 때였다. 다시 두 얼굴의 호영이 출현 모멘트였던 거다.

"죄송해요. 애들이 좀 부족해서요. 다들 아직 중2들이거든요. 내년만 되어도 중3 애늙은이 소릴 듣는다는데 아직 팔팔해서 모지란 말들을 많이 하고 있습니다."

"껄껄껄!"

"아, 깜짝이야."

거인의 웃음 한 방에 우리 모두는 거의 한쪽 벽 구석으로 밀려갈 지경이었다. 학원 선생이 무슨 천하장사급이다. 그냥 경비원인가? 아님 셔틀버스 기사? 비마는 웃다 죽을 뻔할 것처럼 내 정중한 사과 멘트에 배를 쥐고 데굴거렸다. 미쳤나.

"야, 나 아니었음 하마터면 죽을 뻔한 꼬마야. 네 몸뚱이도 못 찾을 뻔했던 아가야. 넌 뭐 애들하고 다른 종족이냐, 푸하하. 귀엽네 거 참."

자존심이 몹시 상했다. 어벙하긴 해도 경우 바르고, 먹방과 탐식의 늪에 빠져 있긴 해도 착해 빠진 호영이 하나만큼은 내 인정하지만 저 삼족오들은 나완 완전 급이 다른 중딩 말종들이란 말이닷.

"늦었다. 오늘은 그만들 돌아가고 다음에 또 보자꾸나, 애들아."

"얘는 안 돼요."

집으로 돌아가려는 우릴 막아서며 털보가 나를 지목했다.

"왜요?"

"넌 좀 우리랑 남아 있어."

"다시 올 거니까 오늘은 그냥 두지. 애 얼굴이 완전 노랗잖나."

은발의 유디스가 타이르듯 비마에게 말했다. 어안이 벙벙하다.

"내일 다시 올게요. 그때 얘기해요."

나도 모르게 그만 약속을 덜컥 잡아 버렸다.

"콜! 해산!"

그러자 날탄이 얼른 상황을 정리한다.

"너 사는 곳 금방 알 수 있으니까 낼 꼭 와라. 안 오면 내가 그리 간다."

비마였고.

"알았어요. 내일 언제쯤 올까요?"

"오늘처럼 오후 네 시가 좋겠다."

유디스가 부드럽게 웃으며 약속을 확정했다.

"내일은 병아리콩 수프랑 피자라도 만들어 줘야겠네. 내가 한때 이집트 기자에서 잠시 일한 적이 있어서 중동 요리 하난 자신 있거든. 호무스에 주머니빵도 가능해. 여기 조리실에 큰

오븐도 갖다 놓을 거거든."

처음엔 무슨 잠꼬댄 줄 알았다, 날탄이 그렇게 말했을 때. 하지만 다음 날, 문화웨딩홀 안팎은 완전히 달라져 있었다. 서둘러 간판까지 떡 하니 새로 달아 놓았다. 서두른 것치곤 나름 완성도까지 있었다. 문제는 역시 콘텐츠였다. 아, 참, 타이포그래피도 별로였다.

'사랑과 우정의 쌈룡학원'이라니, 세상에!

그것도 초구리구리한 궁서체로다가! 게다가 간판에 공지까지 줄줄! 이런 학원, 내 살다 살다 첨 봤다.

4장

사랑과 우정의
쌈룡학원

1

폐업한 문화웨딩홀에서 나오자마자 모두 허리를 푹 꺾으며 고픈 배를 움켜쥐었다. 허둥지둥 편의점에 달려가 인당 둘씩 도합 열 개의 컵라면을 순식간에 해치웠다. 은내의 학원 거리는 휑했다. 우리 말고는 온 동네 아이들이 전부 학원에 들어앉아 있는 것 같았다. 부른 배를 어루만지며 휘적휘적 두 개의 지하철역을 지나 은내 인근 학교들이 한데 모여 있는 길을 따라 한참 걸었다. 세 개의 비탈길 따라 마지막 언덕을 오르고 나니 모두의 집이 하나씩 나왔다.

우린 한 시간 남짓 귀갓길 내내 서로 아무 말도 하지 않았다. 그렇다고 하나, 둘, 셋으로 쪼개지지도 않았다. 각자 생각에 잠겨 묵묵하게 걸었다. 호영이가 2층 자기 집으로 들어가기 전, 날 돌아봤다. 내가 호영이 손을 잡고 먼저 말했다.

"고마워."

호영인 씨-익, 꼭 자기 엄마같이 푸근한 웃음을 지어주었다. 내친김에 궁금한 걸 물어봤다.

"아깐 왜 거기 숨어 있었어?"

"너 걱정 돼서."

심장 어디께가 뜨뜻해졌다.

"너 학원 째서 어쩌냐?"

"괜찮아. 어차피 요새 너무 힘들었어. 그리고…."

"…?"

"오늘 무지 재미났어, 히히."

"고맙다. 바잉."

"바잉. 참, 아미야."

"응?"

"쟤들도 네 걱정 많이 했어."

빌라 아래 언덕길로 멀어져 가는 삼족오들을 가리키며 호영이 말했다.

"고터가 얼굴이 새하얘졌었어. 풀썩 쓰러졌던 애가 갑자기 또 위로 붕 떠서 사라지더래. 그러더니 멀리서 독고 네가 잘 신는 형광색 신발 끈이 나풀거리는 게 머리 위 높이에서 보이더래. 근데 그게 순식간에 동춘장 쪽으로 멀어져서 무작정 쫓아갔대. 간자도 바게트도 다 암말 않고 죽어라 뛰었대. 그러다 동춘 쌍둥이 빌딩 앞에서 핫도그 물고 다시 수업 들어가려던 나더러 빨리 따라오라더라고, 네 이름 막 부르면서. 그래서 나도 무작정 따라 뛰었지."

근데 왜 그렇게 한참 숨어 있었냐고 다시 물으니 그래야 날 구할 수 있다고 넷이서 작전을 짰다는 거였다. 숨어 있다가 적의 허를 찌르자, 뭐 그런 전략이었다나? 픽, 웃음이 나왔다. 오늘은 적어도 이 동네에서 나 혼자가 아니란 기분이 들었다.

"잘 자. 내일 보자."

"응, 너도."

호영과 인사하고 옥탑집으로 올라가는 길, 3층 계단참에서 나는 잠시 멈춰 섰다. 아, 엄마한테 뭐라 말하지? 내가 둘로 나뉜 것이며 혼줄 본 이야기도 그렇고, 엄마 이야기 엿들었던 것도 그렇고. 어떻게 하지? 종일 안 열어 봤던 휴대폰을 꺼냈다. 엄마 메시지가 무려 다섯 개나 떠 있었다. 원래 메시지 따위 잘 안 하는데. 잔머리를 굴릴 새는 없었다. 엄청난 식곤증이 몰려왔다. 온몸이 양 일곱 마리 잡아먹은 늑대처럼 무거웠다. 컵라면 두 개를 순삭했기 때문이라기엔 설명할 수 없는 중량감이었다. 온몸이 근질거렸고 무겁고 출렁거렸다.

얼른 계단을 뛰어 올라갔다. 그리고 방에 들어가자마자 거의 엎어져 그대로 죽 뻗었다. 나 왔어. 엄마한테 얼굴만 얼른 비치고는 방으로 돌아와 납작만두처럼 바닥에 찰싹 붙어 버렸던 것이다. 진짜 개개개, 피곤했다. 온몸에서 피가 다 빠져나간 듯했다. 하지만 누워서 까무룩 잠이 들려는 중에도 의식의 크리스마스 꼬마전구는 내내 켜져 있었다. 몸은 여기저기 두들겨 맞은 것같이 쑤시는데 도무지 잠이 오지 않아 방 가운데 도로 동그마니 앉았다. 머릿속 꼬마전구는 계속 빤짝거렸다. 이상한 일이었다.

벽에 기대어 창밖을 본다. 달이 환하다. 보름달, 풀문이다. 엄마는 이런 날 기도나 명상을 하면 하늘길이 열려 좋다고 했지. 두 눈을 감고 환한 달빛을 눈꺼풀에 받으며 천천히 들숨날숨 하나, 들숨날숨 둘, 하며 숨을 쉰다. 학교에서 도망치고 싶을 때마다 이따금 하던 내 나름 명상법이다. 맞은편엔 마치 거인 비마처럼 우람한 아빠의 책장이 있다. 하얗게 쏟아지는 달빛 때문인가. 책장이 그냥 책장 같지 않다. 눈을 감고 책장 쪽을 가만히 바라본다. 아까 엄마처럼 아빠 얼굴도 제발 좀 보였으면 좋겠다. 그런 소망과 동시에 살갗에 돋아 있는 솜털들이 모두 빳빳하게 일어선다. 급기야 몸이 죽죽 펴지고 늘어나더니 천장까지 금방 올라갈 것 같은 기분이다.

깜짝 놀라 두 눈을 번쩍 떴다. 책장 앞에 저건 뭐지? 혹시 그 꿈속, 구름 위에 앉아 날 보면서 환히 웃고 있던 남자? 긴 머리를 틀어 올린 채, 별처럼 빛나던 그 남자, 혹시 아빠?! 아니, 저건 그냥 달빛에 비친 나뭇결이잖아. 그게 왜 사람 눈코입처럼 보였지? 갑자기 참을 수 없는 피로가 밀려왔다. 빳빳하던 솜털들은 그냥 살갗 위에서 푹 퍼져 버리고 나는 완전히 곯아떨어졌다.

2

사랑과 우정의 쌈룡학원

⁂※☆⁂☆※⁂

중등 ~ 고등까지 학력 제한 없음.
일반학교, 탈학교, 대안학교, 특수학교, 외고, 자사고,
과고, 검정고시, 소속, 나이, 인종, 아무 상관 안 함.
모집 인원 무한대.
전 과목, 단과, 종합, 수능, 내신 다 준비 가능.
* 어서어서 신청하세요. *
수업료 – 형편껏 받습니다.

다음 날 은발의 유디스와 약속한 구 문화웨딩홀 건물을 찾아 커다란 아치 모양 출입문을 끙차 밀려다 멈칫 섰다. 모든 게 달라져 있었다. 특히나 저 새로 단 간판이라니. 나는 뒷걸음질하며 도로 횡단보도를 건너 웨딩홀 건물 맞은편 벤치에 털썩 앉았다. 잠시 생각할 시간이 필요했다.

하룻밤 사이 세 사람이 이걸 다? 말이 되나? 이게 그 예식장 맞나? 중세 유럽 고성 짝퉁의 윤곽은 그대로였으나 그야말로 획기적인 탈바꿈을 했다. 형형색색 알록달록하던 웨딩홀 외벽 전체가 밤사이 은은한 진줏빛으로 반짝반짝 변했다. 뾰족한 고딕풍의 일곱 지붕은 원래대로 짙은 청록빛이었다. 그 때문에 멀리서 보면 나름 중세 유럽 성주들의 아담한 여름 별장처럼도 보였다. 물론 그 건물만 봤을 땐 그랬다. 조금만 멀리서 봐도 좌우에 우뚝 선 은내 일대 학원 재벌, 최동춘의 15층 쌍둥이 빌딩 사이 쌈룡인가 쌍룡인가는 그저 푹 꺼진 5층짜리 낡은 건물에 지나지 않았다, 게다가 퍽 우스꽝스럽기 짝이 없는.

어느새 네 시다. 천천히 몸을 일으켰다.

“안녕? 아미. 어때, 이제 우리 서로 편하게 부르는 게 낫겠지? 난 유디스라고 해.”

“아, 어떻게 된 거예요?”

“뭐가 말이냐?”

"아, 완전 하룻밤 사이에 엄청나게 달라졌잖아요. 학원 안 도요!"

분명 지난밤 예식장 내부는 오래된 폐허 그 자체였다. 그런데 하룻밤도 안 되어 멀쩡한 보통의 학원 로비로 변신했다. 가로로 긴 접수창구에, 대기용 의자에, 이런저런 책장과 캐비닛, 스탠드형 테이블과 스툴, 한쪽 코너엔 간이 카페에 생수 마시는 곳까지. 세상에! 내가 제일 좋아하는 형형색색의 튼실한 해먹! 글쎄 어떤 유목민식 해먹은 2층 난간에서 점프를 해야 간신히 닿을 수 있게 1층 로비 천장에 대롱대롱 매달려 있지 뭔가. 장식용 해먹이라니, 어매-이징이다. 게다가 모든 가구들은 다 밝은 목재로 만들었다. 보통의 말끔하고 빤질빤질한 학원 로비는 또 아니었다. 어디선가 기분 좋은 원목향이 은은하게 풍겼다. 편백, 오동, 자귀, 체리 등 머릿속에 이쁜 나무 이름이 줄줄이 떠올랐다.

"아, 아미닷. 안녕!"

"아, 날탄이닷."

그녀는 2층 계단에서부터 다다다 뛰어 내려와 나를 꽉 껴안고 빙빙 돌았다. 우리가 원래 이렇게 친했었나? 어안이 벙벙했다.

"인테리어 어때? 내가 북유럽풍을 또 좋아해서. 맘에 드니? 그나저나 어제 잠은 좀 잤니?"

"와, 진심 너무너무 백만천만 좋아요. 어떻게 이렇게 빨리 다 꾸몄어요?"

"그건 네가 몰라도 되고, 밤새 이 위대한 비마님이 다 하신 거다. 그렇게만 알면 돼. 껄껄껄!"

등 뒤에서 우렁우렁 대형 스피커 다섯 개쯤 모아 내는 데시벨. 아, 깜짝이야. 역시 깜짝 등장의 아이콘 털보였다. 진짜 용 좋아하는 털북숭이 해그리드가 따로 없네. 그럼 여기 이름도 용을 좋아해서 석 삼 자, 쌈룡인 건가?

"자 드디어 다 모였네. 그래 정식으로 인사하자. 난 유디스, 저 친구는 날탄, 여긴 비마."

은발 노신사는 첼로 같은 음색으로 빙긋이 웃으며 나를 바라봤다. 웃는 입매와 달리 할아버지 유디스의 두 눈은 깊고 영롱했다. 검회색 눈동자, 아이처럼 새파란 빛이 감도는 흰 눈자위, 진짜 멋진 눈을 가진 노신사였다.

"진짜 모두 학원 쌤들 맞나요?"

"그럼."

"왜 여기에다 학원을 시작했어요?"

"그게 젤 궁금해?"

궁금했다. 사실 이 일대는 은내천변 학원 재벌로 유명한 동춘장의 구역이다. 소문에 강남이랑 분당, 목동은 강남학원 분원이 꽉 잡고 있다던데 여긴 좀 다르다. 그렇게 스카이, 스카이 하지 않는다. 이 지역 엄마들은 동춘에 더 목을 맨다. 현실성 있는 대안을 제시해 준다나 뭐라나?

"아미, 너 해리 포터 좋아해?"

유디스가 갑자기 묻는다.

"네, 좋아했어요. 왜요?"

"아, 그냥, 그런 거 같아서."

"아, 말해 뭐해요. 어릴 때 완전 마니아였죠."

"오호라, 그렇군."

"선생님은요? 판타지 좋아하세요?"

"음… 그럼그럼, 그나저나 친해지면 우리 반말하자. 아님 서로가 모두 높임말을 하던가. 그것도 쌈에서 정하자."

"쌈이요?"

"응, 쌈. 너 쌈 싸 먹어 봤지?"

"그럼요, 엄마가 특히 쌈 좋아해요."

"쌈의 뜻이 하나로 모은다란다."

"진짜요?"

"응. 셋, 삼, 쌈이 다 같은 의미야. 중요한 셋이 모이면 다 모였단 의미로 쌈인 거고, 그러니까 쌈룡은 용이 세 마리, 동시에 용 셋이 모였다, 또 중요한 게 다 하나가 되었다, 뭐 이런 뜻이란다. 학원 이름 궁금해하는 것 같아서."

"궁금보다는 어이 상실이었죠. 그랬구나, 그래서 그런 유치 뽕짝 같은 이름을."

"그렇게 별로더냐?"

"네, 좀. 죄송해요. 간판 몰골이… 쩝."

"삼과 쌈, 아그니와 아궁이, 구룽과 구릉…. 세상 말들이 원래는 다 하나였는데."

"네?"

"흠흠, 됐고. 암튼, 쌈은 우리가 총회 같은 걸 할 거라서 그 회의 이름을 쌈이라고 하려고."

"맞아요. 회의하면 쌈이죠. 말로 쌈질하는 게 또 쌈, 회의잖아요."

"오호! 듣던 대로 아주 재치 있구나."

"네? 뭘 들었는데요?"

"아아, 실수!"

"흠, 근데 해리 포터는 왜요?"

"응, 넌 어떤 이야기를 좋아하나 해서."

"그건 이미 졸업했고, 요즘은 다이버전트가 젤 좋아요."

"오, 나도!"

날탄이 조용히 있다 깜짝 반긴다. 그러고 보니 날탄은 다이버전트 마지막 시리즈에서 갑자기 죽는 쏘쿨 여전사 토리를 꼭 닮았다.

"어? 날탄 쌤도 다이버전트 시리즈 알아요?"

"그럼."

"와, 진짜 캡!"

"내 이럴 줄 알았지. 너랑 좀 통할 것 같다 했어. 넌 그게 어디가 특히 좋았어?"

"다이버전트, 그 자체요. 무분파지만 모든 데 다 속하는 존재, 그게 다이버전트죠. 지식, 정직, 용기, 봉사, 어…, 하나가 뭐더라?"

"친절."

"아, 맞아. 평화라고도 해요. 개성이 없어서가 아니라 고루 다 발달하고 싶으니까 남주 포랑 여주 트리스가 다이버전트로 살아가면서 사람들을 구하잖아요? 한쪽 파에만 들지 않고, 모든 포스를 다 개발하고, 무분파든 분파든 차별하지 않고. 저도 꼭 그러고 싶어요. 특히 핸섬 가이 포는 부상자는 절대 버리지 않는다는 원칙이 있어요, 개멋있어! 근데…."

"맞아, 포, 아주 멋있어. 나도 좋아해. 근데…?"

"근데 3부 엘리전트는 좀 별로예요."

"왜?"

"왜 모든 SF의 결론은 다 그렇게 다크하죠? 왜 뒤에 있는 힘 있고 잘난 책임자들은 다 악하고 음흉하죠? 왜 힘이 셀수록 나쁜 자들이에요? 선한 힘의 최고 지도자들은 없나요? 그게 영화마다 책마다 너무 뻔해서, 개질려요. 뭐 스타워즈 제

다이들이 있긴 하지만 좀 보여 주려다 말죠. 〈닥터 스트레인지〉도 되게 모호해요. 왜 에인션트 원이 세상의 악을 이용해서 싸우다 그게 또 원인이 돼서 죽어 버리죠? 그건 너무 앞뒤가 안 맞다고요. 난요, 독자에게 무한 희망을 주는 화이트 결말의 S-판타지 작가가 되고 싶어요, 흐흐."

"S-판타지? 화이트?"

"네, 제가 만든 단어예요. SF 더하기 판타지, 딱 중간 장르의 개척자가 될 거거든요, 언젠가."

"음, 근사한 꿈이네!"

"SF 장르는 인류가 그래도 뭔가 희망이 있다, 아직 가능성이 있다, 그렇게 믿는 사람들이 좋아한대요, 원래."

"그렇구나. 근데, 아까 말한 거."

갑자기 유디스가 대화에 들어왔다.

"네?"

"넌 그 이유가 뭐라고 생각해?"

"뭐요?"

"위로 올라갈수록 다크 포스로 변하는 거."

"아, 그거요."

"그렇지. 그거 말이다."

유디스가 눈을 빛내며 계속 물었다.

"모르니까? 아직 무지해서? 아니면 안 알려 주니까, 다 아는 쪽에서?"

"오호라!"

"유디스는 왜 그러는 거 같아요? 비마는요?"

"뭘?"

"비마는요오오?"

나의 채근에 비마가 갑자기 코앞까지 다가와 내 정수리를 북북 쓰다듬는다. 나름 호감을 표시하려는 것 같았다. 그런데 쓰다듬는다는 게 거의 쥐어뜯는 느낌에다가 그 엄청난 힘에 내가 그만 바닥으로 찌부러지는 것 같아 참지 못하고 소리를 꽥 질렀다.

"아, 진짜! 하지 마요!"

"그만 해요, 비마. 애 아직 그럼 안 돼요."

날탄이 소리치자 그제야 비마는 간신히 우쭈쭈한답시고 날 찍어 누르던 동작을 끝냈다.

"어휴, 힘들어. 근데 비마는 무슨 뜻이에요? 아까 쌤처럼 뭔 의미가 있어요?"

"응, 별 뜻 아냐. 멧돼지 거인이란 뜻이야. 비마는 멧돼지족 출신이거든."

"아항, 전생 말하는 거죠? 나도 알아요, 전생 그런 거. 그럼, 비마 전생이 멧돼지? 우하하."

"뭐?"

"뭐라고?"

유디스와 날탄과 비마는 내가 말을 끝내기 무섭게 동시에 배를 잡고 데굴데굴 구르며 웃었다. 그러자 나도 덩달아 폭소 과자를 먹은 듯 '어-어' 하며 순식간에 웃음이 터져 나왔다. 평생 밀린 웃음이 다 토해져 나오는 것 같았다. 후련했다.

그런데 어라? 이 유쾌한 쌈총사들의 영롱하고 눈부신 혼줄이 문득 내 눈에 보이기 시작하는 게 아닌가. 와-우, 더 이상 두 눈을 감지 않아도 말이다. 좋아, 이제부터 천상의 라인들이라 명명하겠다.

뭔가 달랐다. 저들 셋의 혼줄, 은줄, 정신 줄들 말이다. 그것은 오후 다섯 시쯤의 서쪽 햇볕에 반사되어 무지갯빛으로 빛나고 있었는데, 각자의 정수리와 심장에서 뻗어 나와 2미터쯤 위치한 허공에서 모두 하나로 이어져, 천장을 뚫고 달과 별, 저 태양까지 계속 연결될 것 같았다. 말 그대로 정말이지 오색 무지개 영롱한 실버 코드에다가 점점 더 위로 올라갈수록 완벽한 은빛, 다이아몬드빛의 혼줄이었던 것이다.

나는 잠시 모든 생각과 감각이 일시에 정지되는 기분을 느꼈다. 그대로 눈을 감고 영원히 잠들고도 싶었다. 난생처음 겪는 황홀경, 그리고 세상 가벼움, 온몸이 깃털이 된 기분이었다.

3

"그만들 들어와라."

"어, 어케 알았어요? 쥐 죽은 듯 문밖에 있었는데."

"어케 우리가 보였어요?"

어제의 친구들이 다시 뭉쳤다. 나는 너무 웃어서 기진맥진한 채 소파에 대충 널브러져 있던 차였다. 뭐라 할 수 없이 몽롱한 상태로.

"근데 밖에 저 간판 실화예요?"

"왜?"

"너무 구리잖아요."

키보드 워리어, 고터다.

"진짜 수업료 맘대로 내도 되나요?"

늘 돈이 젤 중한 사무라이 간자.

"테스트 없는 거 진짜 맞죠?"

둥글고 길쭉한 바게트, 시험 공포증이 있다. 언젠가 시험 보던 날 대형 배설물 사고를 일으켜 그때부터 애가 흑화되기 시작했다. 놀림 받기보다는 놀리는 쪽을 선택한 것. 아이들은 스스럼없이 죄다 유디스며 날탄에게 몰려와 이것저것 신나게 물어댔다. 어디선가 고소한 냄새가 솔솔 나기 시작했다.

"콰트로 피자, 네 종의 치즈 피자다! 체다, 파마산, 고다, 그리고 까망베르 대신 모짜렐라, 와-우, 병아리콩 냄새도 나고. 살라미도 볼로냐 산이야. 프로슈토도 있어. 멜론은요?"

"미친!"

바게트가 줄줄줄 뭔가 음식에 관한 것들을 자랑처럼 읊어 대자 기선을 제압당한 게 분한 듯 호영이가 버럭 했다. 은근 바게트의 감각에 화들짝 놀라는 눈치였다. 그래 맞다. 완벽한 수제 피자였다. 어제 약속한 대로 날탄이 우리를 위해 피자를 만들었다. 그것도 라지 사이즈 세 판씩이나. 근데 어떻게 우리가 다 올 줄 알고? 암튼, 기가 막힌 치즈향에 살라미에 베이컨에 토마토에 바질에 하와이안 피자도 있었다. 파인애플 토핑도 엄청나게 신선했다. 이 햄도 처음 먹어 보는 맛!

"넌 어떻게 먹기도 전에 치즈 종류를 다 알아맞혀? 넌 이름이 뭐야?"

"잰 식탐 쩔어요, 원래. 재 이름 말고 다들 바게트라 불러요. 뭐 그렇게 보이잖아요, 길쭉하고 통통한 프랑스 빵, 히히. 것도 아미표 네이밍이에요."

고터가 바게트를 턱으로 가리키며 대신 답했다.

"재 요리도 무지 잘해요. 물론 저도 그래요."

호영인 고터 말을 받아 자신까지 살짝 얹어 바게트를 날탄에게 소개했다. 바게트는 양손에 갓 구운 화덕 피자를 들고 황홀경에 잠겨 있느라 어떤 말도 안 들리는 것 같았다.

"이걸로 학원 등록하라고 꼬시면서 우리한테 거 뭐야, 응, 마케팅하는 거죠? 알아 두세요, 피자 세 판으론 어림없어요. 동춘은 가끔 치맥도 몰래 쏜다고요. 술 담배도 뭐라 안 해요. 짱이에요, 동춘이 짱!"

간자가 비실비실 웃으며 떠들어 댔다. 녀석은 술고래에다 줄담배로 유명하다. 비쩍 곯았는데 입은 무지 크다. 뭔가 입을 헤, 자주 벌리고 있다. 그럴 땐 이상스레 좀 안돼 보인다. 하지만 비호감은 분명하다. 저 말본새를 보라. 아주 간특하고 사악한 놈이 아닐 수 없다.

"그렇게 생각하든 말든 우리 수업 중엔 요리 과목도 있어. 미래의 셰프를 위한 특별단과반인 셈이지. 음식을 웬만큼 배우는 대로 다 수강생들이 만들게 돼. 급식 시설도 만들었거든."

"쳇, 트렌디 하긴 하네. 그치만 노동 착취 아닌가?"

간자가 지랄맞은 혓바닥을 또 놀렸다. 나는 슬슬 짜증이 올라왔다.

"대안학교 맞네. 요리하면 대안학교죠. 입시랑 상관없는 것만 하니까, 거긴."

갑자기 진지해지는 호영이다.

"생존과 독립엔 필수지, 안 그래?"

날탄.

"근데 아미만 보자 그랬는데 왜 다들 몰려왔지?"

유디스가 슬쩍 화제를 돌린다.

"궁금하잖아요. 어제 그 일, 솔직히."

진지한 표정으로 고터가 한마디 했다. 유디스가 싱긋 웃더니 이내 정색을 하고 의자에 다들 앉으라 한다. 모두 귀를 쫑긋했다. 유디스에겐 그런 힘이 있다. 저런 게 나잇발인가?

"바로 그거다. 너희들에게 궁금한 일이 생겼지. 아미 네가 지금 가장 궁금할 거다."

"헉, 어찌 아세요?"

"아미, 넌 어제 벌써 세 번이나 두 개의 몸을 경험했어. 하지만 놀라지 마라. 너희들은 그냥 영혼과 육체, 두 개의 몸만이 아니다. 아주 여러 겹의 몸, 아주 여러 겹의 지구, 아주 여러 겹의 해와 달 속에서 모두 여러 겹의 삶을 살아가는 거야. 그걸 조금은 이해해야 어제 일어난 네 친구 아미의 일도 알아듣게 말해 줄 수 있단다."

"평행우주론?"

"뭐, 글쎄다. 일단 물질계 식으로 말하면 얼추 비슷해. 암튼 모두들 공부를 좀 더 해야 이해될 거다, 어제 일들은. 우주물리학, 수학, 생물, 화학, 물론 신화랑 문학도 그렇고."

유디스는 잠시 말을 멈추고 우리를 하나하나 둘러보더니 진지한 표정으로 입을 열었다.

"옛날엔 산들에게도 다 날개가 달렸었단다."

"아, 알아요, 나도."

나는 반가워서 얼른 손을 흔들며 아는 척을 했다. 신기했다. 엄마한테 듣던 이야기를 유디스한테 다 듣다니.

"에-에? 뭔 말이에요, 그게?"

호영인 벙찐 얼굴로 탄식하듯 말했다. 이 분위기에 서서히 지쳐 가는 기색이 역력했다.

"지금 산들에겐 날개가 없지. 하지만 그게 다 사라진 게 아니고."

유디스와 내가 거의 일문일답을 한다.

"뜯기거나 뽑힌 것도 아니고."

"그렇지."

"다만 우리들 눈에 안 보이는 것뿐이죠, 그죠?"

"그래, 아미는 알고 있었구나."

나는 갑자기 커다란 상이라도 받은 듯 기분이 무지 좋아졌다. 하지만 아이들 반응은 심드렁했다.

"저 이제 학원 가야 돼요."

"저도요."

아이들은 일제히 일어나 돌아갈 채비를 했다. 학원 테스트가 있어요, 저녁 수업 있어요, 감사합니다, 피자 진짜 맛났어요. 검정 롱패딩 네 개가 역시 똑같은 메이커 배낭을 메고 입구 쪽으로 걸음을 옮긴다. 새삼스레 웃긴다. 겨울에 저런 패

선의 십 대들을 멀리서 보면 김밥이 따로 없다더니….

"쟤들 안 잡아요?"

"왜?"

"수강생 모집하시는 중 아녜요?"

"글쎄다."

"너야말로 왜 안 따라 나갔니?"

"궁금하잖아요, 진짜."

그러면서 이런저런 상황과 관계없이 시치미를 뚝 뗀 채 남은 피자를 맛나게 흡입하고 있는 비마를 물끄러미 바라봤다. 비마는 누굴까, 저 거인은 대체 어디서 온 걸까.

"뭐가 그렇게 궁금하니? 산에 날개가 있다는 것도, 해와 달과 별도 우리 인간들 하나하나도 여러 겹의 존재라는 것, 넌 이미 다 알고 있었잖아. 아까도 진짜 아는 듯 고개를 열심히 끄덕였잖니? 궁금한 게 이만하면 없지 않겠니?"

유디스가 빙그레 웃으며 달래듯 말했다. 하지만 그럴수록 더 역정이 났다. 어른들은 늘 중요한 대목에서 날 철저히 무시하는 습관이 있다.

"알았어요, 그만하죠."

"응? 왜 그래? 왜 또 갑자기 뾰로통하니? 화났니?"

"제가 언제 또 삐졌다고 그래요?"

"아니면 다행이다. 자주 화내는 습관, 포스에 별로 좋지 않다. 근데 방금 왜 갑자기 그만하죠, 그랬니? 화난 거 맞구먼."

"아뇨, 짐작대로예요."

"뭐가 말이냐?"

"실망이에요. 유디스도 이럴 거잖아요."

"으응?"

"모든 건 사고였다, 우연이다, 다 크면 말해 주마, 잘못 본 거다, 실수였다, 그렇다고 해 두자, 그렇다 치자, 잊어라. 이럴 거면 다 그만해요. 지긋지긋해요!"

잠시 정적이 흘렀다.

"넌, 네가 아주 대단하다고 생각하는구나?"

"뭐라고요?"

"모든 걸 알면, 감당할 순 있고?"

"에-에?"

나도 모르게 입이 헤 벌어졌다. 순간 머릿속이 하얘졌다. 끔찍한 굴욕이었다. 영화에서 보면 이럴 때 어린 전사들이 신묘한 힘을 발휘, 모든 난제를 다 부숴 버리는데, 난 어쩐지 계속 이들에게 말려드는 기분이다. 불쾌했다. 그때 조금 전 오색 무지개 혼줄의 기억이 툭 올라왔다. 그러자 입이 배시시 열리며 입안 가득 단침이 고였다. 내가 왜 이러지? 왔다 갔다, 자꾸만? 그런데 누그러지려는 마음과는 달리 혀는 또 따로 놀았다.

"됐어요, 원래 기대도 안 했어. 어른들, 다 그렇지 뭐. 내가 방금 전 뭘 봤는지 아무도 모르죠? 어제 내가 바닥에 누워 기절했을 때도 그래요, 아무도 나한테 안 물었죠. 어떻게 된 건지. 흥."

순간 셋 모두 당황한 기색이 역력했다. 그래서 내게 처음부터 모든 사실을 하나하나 자세히 말해 주었다면 좋았겠지만, 아니었다. 그들은 나를 철저하게 방치했다. 마치 처음부터 거기 아무도 없던 것처럼 담담하게 각자 할 일을 했다. 비마는 웨딩홀 내부 공사를, 날탄은 뭔가 요리 비슷한 것을, 유디스는 갑자기 사라져 보이지 않았다. 당황한 건 오히려 내 쪽이었다. 민망했다. 학원 문을 열고 잽싸게 빠져나와, 꽝 하고 닫으며 밖으로 나와 버렸다. 하지만 3초도 되지 않아 후회가 밀려왔다.

4

집으로 가는 첫 번째 비탈길이 나왔을 때 마음이 점점 더 심하게 따끔거리기 시작했다. 학교에서도 그랬다. 친절하게 잘 대해 주는 또래나 어른들한테 더 함부로 구는 거. 찔러도 피 한 방울 안 나오는 원조 빌런들에겐 진짜 찍소리도 못하면서. 흔한 일이었다. 그리고 그건 아주 한심하고 부끄러운 일이었다. 나는 늘 그런 애들하고 다르다고 자부했는데. 다시 돌아갈까? 짧은 만남이었지만 무지하게 착하고 좋은 사람들인 건 분명했다.

앞에 보이는 은내천 산책로 입구 정자나무 부근에 아무렇게나 털썩 주저앉았다. 억새가 무리 지어 흔들거리고 있었다. 마음이 착잡했다. 하얀 새가 커다란 날개를 펄럭이며 날아간다. 왜가리였다. 잠자코 새의 날개를 따라 시선을 옮기다 보니 저만치 쌈룡의 간판이 보인다. 진줏빛 건물 표면이 저녁놀에 비쳐 오색 무지갯빛으로 반짝거린다.

나는 노을을 보면 항상 좀 슬퍼진다. 어릴 때부터 그랬다. 노을 좀 그만 봐라, 청승맞아 보여, 니 팔자도 노을처럼 되면 좋겠냐? 영자 씨의 창의적인 잔소리도 새삼 그립다. 노을 같은 팔자란 뭘까? 그나저나 저기 저 세 사람은 지금 뭐할까? 급식실도 뚝딱 만들었다는데 저녁엔 뭘 만들어 또 맛나게들 먹을까.

그러자 흐미, 이건 또 뭐람. 이번엔 그들의 음성이 귓전에 쟁쟁 맴돌았다. 이윽고 그 의미까지 뚜렷하게 전달되었다. 귓속에 있는 작고 얇은 매미 날개가 울리는 그런 소리가 아니었다. 고막만을 두드리는 게 아니라 몸 전체의 떨림, 내 몸 전체가 매미 날개가 되어 그들이 내는 모든 소리를 오롯이 수신하는 상황이었다.

"굉장히 빨라요."

"그러게, 확실히 라다랑 라비처럼 타고났네, 타고났어. 구르카 중의 구르카, 템플 가디언 계보가 분명 맞군. 자, 이제 어떻게 한다. 날탄 생각은 어때?"

"비마가 안고 데려왔을 때 뭔가 비마 포스가 순간적으로 확 다운로드 된 거 같아요."

"이제 점점 더 그 포스가 자라날 텐데. 한번 깨어난 포스는 확장 말고는 갈 길이 없잖은가."

"아예 데려다 다 말해 주죠. 뭐, 어때요."

"라다 얘기까지? 라다가 오랫동안 우릴 부르고 있던 것까지?"

"그건 안 되겠죠?"

"라다가 사고라도 칠까 급히 달려온 것까지도 말이지?"

"안 되죠, 안 되고 말고요."

"그나저나 라다한텐 누가 가지?"

"내가 가지 뭐."

뭐라? 라다가 누구였지? 사고를 친다고? 그럼 우리 또래인가? 라비는 분명 우리 집 망원경 이름인데? 라다랑 라비처럼이라고? 아, 언젠가 라다랑 라비 사이의 아이, 뭐 그런 말을 들었었지. 그럼 혹시 그 아이가 나?

"사람들은 참 이상하지?"

"뭐가요?"

"자신들이 모든 걸 알 준비가 되었다고 착각하는 거 같아, 항상 보면."

"맞아요, 책임부터 질 생각은 안 하고."

"오죽하면 판도라의 후예들이겠어요."

그럼, 저들은 사람이 아니면, 누구지? 진짜 가이더들 맞아? 템플 가디언이라고 했는데, 조금 전엔. 그렇다면 역시 판타지 속 위대한 사원지기?

"저 애가 감당할 수 있을까? 그러다 잘못되면? 설익은 포스는 재앙일 수 있네."

"포스가 너무 많이 솟구쳐 모두가 위험해지면 다시 잠들게 해야죠, 뭐."

"것도 쉽지 않을 거야. 아시겠지만 우리 누구도 개별 영혼의 카르마에 개입할 수 없습니다."

어? 유디스 말투는 왜 또 바뀌었지?

"이미 비마가 개입한 거 아닐까?"

"그렇다면 우리가 끝까지 책임을 져야겠지요. 비마도 그 값을 톡톡히 치러야 할 거고 말입니다."

"아하, 어쩐다!"

"뭘 말이우, 다들? 거 조심들 좀 하지. 오라 셔터 안 내리면 밖으로 다 새 나가는데. 그레이들한테 걸리기라도 하면 어쩌려고, 쫌!"

유디스와 날탄이 주거니 받거니 하다가 반말 존댓말 상대가 완전 서로 바뀌었다가 갑자기 비마가 끼어들었다. 엄청난 진동에 갑자기 몸이 휙 뒤로 밀려났다. 그러곤 블랙아웃!

개별 영혼? 카르마? 라다? 그레이? 그게 뭐지? 됐고, 지금 내가 겪는 체험 속엔 뭔가 뚜렷한 패턴이 있다. 먼저 관심 있는 대상에 집중하면서 그것 이외의 생각이나 감정을 멀리 지워 버린다. 그러면 뭔가 평소의 다섯 감각에서 무수히 늘어나는 공감각적 느낌이 들면서 평소의 몇 배로 몸이 가벼워지고, 평소의 몇 배로 모든 감각세포들이 활짝 열려 움직인다.

난 그게 좀 자동으로 잘 되는 편이었는데. 그래서 사회성이 없다, 내성적이다, 소극적이다, 그런 소릴 들으며 지내는 동안 내가 늘 집중하고픈 것에 집중하며 바깥 상황을 견뎌왔다. 지루한 수업, 땡볕 아래 승냥이 교장의 훈화 말씀, 너구리 교감의 막대기 신공, 동네 사람들의 어마무시한 뒷담화들.

이번엔 셋의 목소리를 하나하나 회상하는 중에 그들의 대화 내용이 생생히 전해졌다. 유디스는 더블베이스와 첼로의 중간쯤, 날탄은 테너와 소프라노의 중간, 비마는 성대 사이사이에 큰 강아지 털로 뭉친 보풀이 잔뜩 끼어 있었음.

5장

가깝고도 먼 엄마

1

집에 가서 조용히 좀 처박혀 있으려는데 은내동 첨성대엔 오늘따라 사람들이 바글바글했다. 되돌아 나가려니 한창 그 동춘이며 쌈룡도 길목마다 점보김밥에 미니김밥에 꼬마김밥들까지 복작거릴 게 뻔했다.

아, 사는 게 뭐 이리 빡시냐. 터덜터덜 비탈길을 내려오는데 무슨 일이람. 같은 반 아이, 학교 가는 길 사거리에서 이따금 마주치면 누가 있든 말든 활짝 웃으며 손을 번쩍 흔드는 모-옵시 양지바른 아이, 케이가 아닌가. 그 애가 이 엄중한 시각, 동춘의 동계특별편성반에 안 가 있고 우리 집 쪽으로 올라오고 있다. 그것도 자기 엄마 같아 보이는 여자어른사람

손에 이끌려. 음, 억지로 이끌려, 질질질 끌려서로 수정한다.

웬일이지? 어떡하지? 내려가지도 도로 올라가지도 못할 좁은 비탈길, 어어, 내가 바야흐로 노을처럼 온통 붉게 물들어 간다. 젠장, 이런 당황스러움은 너무 불편한데 말이다.

그래, 맞다. 눈치챘겠지만 케이, 내가 요즘 한창 꽂힌 친구다. 공부를 전국구로 잘한다는 것, 범생이란 것, 이마 반듯, 눈빛 깊고 버선코 같은 콧날이 아주 이쁘다는 것 등은 뭐 하나도 내게 중요하지 않다. 케이는 그저 반에서 유일하게 나를 보통의 급우로 대해 주는 아이다. 급식 당번일 때도 다른 아이들과 똑같이 내게 반찬을 배식해 준다. 찌개 국물을 사방에 부러 튀게 한다거나 내가 좋아하는 김말이를 부러 딱 한 개만 올려 주면서 고터처럼 히죽 웃는다거나 하는 만행을 저지르지 않는다.

나 말고도 대여섯이 반에서 늘 이런저런 이유로 동네북이 되는데 케이만 있으면 고터나 간자 같은 쓰레기들도 은근 눈치를 본다. 케이가 교감 너구리 자식이란 게 저들에겐 중요한 이유겠지. 그런데 케이는 늘 담담하다. 교양과 품위가 넘친다. 그래, 그런데, 쟤가 왜 여길? 분명 막다른 비탈길 끝엔 영자씨네 가게 더하기 우리 옥탑집 말고 갈 데가 없는데 말이다.

"안녕?"

서로 가까워지자 케이가 엄마 손을 대놓고 홱 뿌리치고 인사를 먼저 한다. 엄마로 보이는 어른도 못 이기는 척 케이 손을 슬쩍 풀어 준다. 하지만 결코 만만해 보이는 인상은 아니다. 가까이서 사복 입은 케이를 보니 심장이 더 쪼여 온다. 간신히 정신 줄 잡고 내 나름 최선을 다해 목청을 가다듬어 본다.

"안녕? 어디 가? 이 동네 넌 잘 모를 텐데, 내가 안내해 줄까? 저 하늘 좀 봐. 날이 많이 저물려고 하네."

그러면서 사르르 일본 카스테라처럼 웃어 주었다. 그때였다. 어디선가 카스테라 담긴 접시가 쨍 깨지는 소리가 났다.

"아니, 우리 여기 아주 자-알 안다. 안내 필요 없다. 다 왔어. 여기 아주 용한 점집이 있대서. 내 기억이 칼이지. 옛날에 한창 방송에도 나왔었거든. 너네 엄마 말이다. 너 저 집 살지? 아래층엔 뚱뚱한 애, 옥상엔 마른 애. 너 말랐잖아. 그니까 옥상 점집 외동이 맞지?"

부르르 파르르, 미친 분노의 꽃다발 한 무더기가 가슴 한복판에서 요동을 쳤다. 마른침을 꼴깍 삼키며 나는 그만 자리에 우뚝 서 버렸다.

"너네 둘이 같은 반이라며? 좀 들어 봐라. 얘가 글쎄 중학교만 마치고 학교를 그만둔댄다. 지 아빠한테 머리 깎이고 맞아 죽기 전에 내가 무슨 부적이라도 받으려고 왔다. 너 저 집 아이 맞지? 맞는데 왜 대답을 안 하니? 그래, 됐어. 내가 너 잘 안다. 태어나서 머리 한 번도 안 자른 애."

"…!"

"얘!"

"왜요."

"너희 엄마 기도값이 그리 세다며?"

나는 온몸에 소름이 오소소 돋아났다. 이어 전신이 차게 굳어 버렸다. 얼음이 되어 버린 거다. 그리고 이후 일어난 일에 대해선 정말 나 스스로도 알 수가 없어서, 내가 결코 바란 일도 아니고 도모한 일도 아니어서, 언급조차 하기 싫다.

"어어, 왜 이러지?"

"어? 왜 그래, 엄마?"

"야-아, 나 왜 이러는 거야?"

"어, 엄마, 왜 이래, 응?"

"몰라 나도, 아, 아-아, 악!"

"엄마! 엄마! 엄마아!"

"나, 나 좀, 나 좀 세게, 더 세게 잡아당겨 봐."

"그러고 있어."

"힘을 더 주라고! 이 머저리, 밥통아!"

"아, 이 이상 어떻게 해! 야, 아미, 나 좀 도와줘!"

"어, 어, 어."

하지만 내 두 입술은 위아래로 딱 붙어 버렸다. 케이 엄마, TV 드라마 속 전형적인 여사님 스타일의 그녀는 아까 내게 쏘아붙이듯 말한 이후 한 걸음도 움직이질 못했다. 그냥 돌기둥처럼 제자리에 완전 붙박여 버린 거다. 아니다, 내가 그런 게 아니다. 난 아무것도 안 했다. 다만 나는 화가 아주 많이 났었다.

그녀의 입에서 독사와 두꺼비가 튀어나온 순간, 케이 앞에서 내 얼굴이 붉은 노을, 아니 미친 노을처럼 확 타들었고, 순간 이 세상이 몽땅 사라져 버렸으면 했고, 케이도 미웠고, 엄마도 미웠고, 나도 미웠다. 그리고 저 여자사람은 아예 빵 하고 터져 버렸으면, 잠시 아주 잠시, 영점 영영일초, 생각 한순간, 딱 그뿐이었다. 첨엔 엄청 교양 있어 보였던 급우 어머니께선 욕 반, 비명 반 쉼 없이 고래고래 온 동네 떠나가게 소리를 질렀다. 나도 그땐 너무 화가 나서 움직이지 못, 아니 안 했다.

난 터지라 그랬지, 얼어 버리라 그러진 않았으니까, 뭐.

2

케이 엄마의 고래고래 악쓰는 소리에 옥상에 있던 엄마가 소스라쳐 달려 내려왔다. 비탈길에서 십 대 청춘과 중년 여인의 기이한 대치 국면은 그렇게 끝이 났다. 왜 내 목청은 케이 엄마와 달리 완전 굳어 버렸지? 그 와중에도 나는 지속적으로 프로파일러처럼 굴었다. 내가 한 일일까, 정말? 한번 깨어난 포스는 확장밖에 길이 없댔다. 그리고 몹시 위험하다고도 했다. 실제로 엄마는 꽤 당황했다. 내가 엄마 달려오는 기척에 몸을 풀고 뒤를 돌아봄과 동시에 케이 엄마도 얼음이 절로 땡 하고 풀렸으니까. 당황한 정도가 아니라 엄마 얼굴이 새하얗게 질렸다. 케이 엄마는 그 자리에 대자로 벌렁 누워 버렸다. 사람들이 119, 119 외치는 소리가 들렸다.

"슬슬 접어야겠네, 이 일도."

엄마가 혼잣말로 그러는 소릴 분명 들었다. 미안했다. 갑자기 몹쓸 사고뭉치가 된 것 같았다. 수호천사는 못 될망정, 속상하게 하는 일은 최대한 피하고 싶었던 게 사실 나란 아이다. 그렇게 크느라 나도 죽을 둥 살 둥이었다. 세상에 이젠 점쟁이와 괴물 가족이란 소리까지 듣게 생겼다. 케이가 반쯤 넋이 나간 자기 엄마를 부축해 가는 도중 천천히 고개를 돌리더니 나와 눈이 딱 마주쳤다. 잊을 수가 없을 것 같다, 도저히 그 눈빛. 공포와 혐오와 약간의 경멸 같은 것? 그때 케이의 얼굴은 더 이상 내게 설레지도 아름답지도 않았다.

"미안해."

한동안의 소란이 가라앉고 사람들이 모두 돌아간 옥탑집 거실은 적요했다. 엄마의 사무실 겸 천문대 겸 별점집 소파에 작은 탁자를 사이에 두고 우리 둘은 마주 앉았다.

"진짜 지겹다, 그놈의 점쟁이 소리."

엄마가 다시 혼잣말이다. 됐고, 약해지지 말자. 나는 다부지게 첫 물음을 던졌다.

"말해."

"뭘?"

"대체 엄마, 그대의 과거가 뭐야?"

"뭐야? 과거 타령은, 으-으, 음습해."

"농담하지 말고, 말 돌리지 말고."

엄마는 고개를 잠시 갸웃하더니 묵묵히 날 바라봤다. 그러곤 천천히 입을 뗐다.

"그나저나, 너야말로 아까 뭐야? 너네 학교 교감 사모던데, 맞지?"

"뭐긴 뭐야."

"네가 그랬어?"

"글쎄, 엄마가 하나씩 불면 나도 하나씩 까지."

진심이었다. 하나씩 까는 척하면서 물어보고 싶었다. 엄마, 나 요새 좀 이상해, 하면서. 하지만 엄마는 다 아는 것 같기도, 하나도 모르는 것 같기도 하여 당최 갈피를 잡을 수 없었다.

"알았어. 엄마한테 궁금한 게 뭔데?"

"옛날에 유명했다, 방송에 나왔다, 뭐 그런 거. 또 무당이니 점쟁이니 기도값이니 그런 거."

"누가 그래?"

"아까 그 꽥꽥 거위 소리 내던 여자가. 왜?"

엄마 눈빛이 잠시 서글퍼졌다 다시 담담하게 돌아왔다.

"아미야, 엄마는 점쟁이가 아냐, 무당도 아니고, 안심해. 너 출생 차트 읽어 줄 때 그랬잖아, 이건 어디까지나 과학이라고. 이상한 거 아니라고. 엄마 말대로 좀 믿어 주면 안 돼?"

"그게 중요한 게 아니잖아. 사람들이 왜 그래, 그럼? 방송 이야긴 또 뭐고?"

"엄마가 하는 공부는 하늘의 문학, 진짜 하늘의 이야기, 그래서 천문학인 건데. 거기 사람들, 생명의 지도가 하나하나 다 그려져 있어. 사람들이 과학이라 그러는 건 그저 천체물리학일 뿐인데, 엄마에겐 늘 점쟁이라 그러고. 하늘의 별들을 그저 돌이나 먼지로만 보는 건 진짜 과학이고? 세상에 그런 무식한 소리가 어딨어?"

"어디까지나 그게 현실이잖아. 현실은 힘이 개쎈 거고."

엄마는 착잡한 눈빛으로 날 한동안 바라봤다. 그러더니, 고개를 살짝 좌우로 흔들었다. 할 수 없네, 혼잣말로 그러더니만 나지막히 말했다.

"아미야, 엄마는 어릴 때부터 좀 남달랐어."

"뭐가?"

"감각이."

"초능력자야?"

"아니, 초감각자야."

"뭐가 달라?"

"초능력자는 감각과 지성이 극도로 발달한 사람들의 경우야. 그런 이들은 아주 드물지. 초감각과 초지성이 어우러져, 일정 단계와 수준에 이르면 즉, 받아들일 준비가 되면 미지의 힘이 한순간 번개처럼 쏟아져 들어오게 돼. 초능력자는 그런 힘을 자유자재로 쓸 수 있는 어떤 자격을 가진 존재들이야. 물론 노력한다고 다 되는 건 아니고, 카르마에 따라 그렇게 타고난 사람들이 대부분이지. 초감각자는 그저 남들이랑 좀 뭔가 다르게 보고 느끼고 하는 정도야. 엄만 그냥 그런 거야. 아주 흔해. 단지 사람들이 그걸 모르거나 여태 깨어나지 않았을 뿐이야."

"잠깐만, 카르마?"

"응, 카르마."

"그게 뭐라 그랬지?"

엄마는 또 잠시 생각하는 눈빛이 되었다. 같이 차를 한 잔 마시자고 하더니, 피처럼 붉은 히비스커스를 내려왔다. 둘 다 아주 좋아하는 꽃차다.

"너는 여전히 믿기 어렵겠지만."

"믿는 게 아니라 이해하고 싶어 난, 뭐든."

"그래, 애써 볼게. 전부터 엄마가 우리 인간들은 모두 하늘의 별빛에서 왔다 그랬지."

"응, 그랬지."

"정말 그래, 우린 모두 빛이야. 하늘의 별들, 말 그대로 그 별빛을 타고 온 빛의 존재들. 그 빛을 영혼이라고 불러. 그럼 영혼이 동물의 몸에 들어가 살기 시작하면 뭐라 그런다 그랬지?"

"인간 또는 살아 움직이니까 삶, 사람."

"인간이 별빛에서 온 건 맞지만 물질 속으로 들어가야 했으니까, 뭔가 연결고리가 있어야 하잖아?"

"그치."

"그래, 그럼 그 빛과 물질을 연결하는 것, 빛의 천사와 땅의 동물을 이어 주는 끈은?"

"혼줄."

"그렇지. 기억나지?"

"음…."

"사전엔 혼쭐이라고 나오지."

"그래서 혼쭐나게 혼날래? 그러는 거고."

"음, 맞아, 흐흐흐."

'그 혼쭐, 볼 수도 있어, 이제.'

나는 속으로 말했다.

"아미야, 빛은 영원하단다. 어떤 시간과 공간의 영향도 받지 않아. 하지만 잠시 땅에선 시간과 공간에 붙들려 살아가고 있는 거지."

"아하, 산들처럼?"

"그래. 그렇게 빛나는 영혼이 동물의 육체를 수없이 입었다 벗었다 하면서 만든 각자 삶의 다이어리가 있단다. 거기 적힌 기록들, 그 좋고 나쁜 사건의 모든 결과들, 그게 카르마, 행동의 결과란 뜻이야. 그러니까 좋은 행동을 했으면 좋은 카르마, 나쁜 행동을 했으면 나쁜 카르마가 남는 거란다."

"누구한테? 그 빛이란 존재한테?"

"응. 빛은 원래 완전하지만 물질 속에 들어가면서 좀 변질되거든. 전엔 드라마마다 온통 기억상실증이 유행이던 때가 있었잖아. 비웃을 일만은 아니야. 우린 어쩜 늘 기억상실증에 시달리는 환자들일지 모르니까."

"그럼 빛이 어떤 몸 속에 들어가느냐, 그 몸을 어떻게 사용하느냐에 따라 처지가 다 다르겠네."

"그렇지."

"그럼 빛마다 카르마도 다 다르겠네."

"그렇지. 빛마다 카르마 따라 태어나고 카르마만큼 살다 죽고, 계속 그러는 거지."

"으흠. 언제까지?"

"몸이 빛이랑 완전히 하나될 때까지? 몸이 빛이 될 때까지?"

"왜 그러는 거야?"

"빛이 세상을 너무 사랑해서? 하하하."

나는 골똘하고 엄마는 환히 웃는다. 또 궁금한 게 있다.

"참, 동물이랑 지금 인간 모습은 완전 다르잖아."

"물론 무수한 시간 동안 겉모습은 거의 바뀌었지. 그걸 학자들은 진화했다고 말하지. 그래도 어떤 사람들 보면 동물 흔적이 많이 남아 있지 않니? 다람쥐도 닮았고 사자도 닮았고."

"맞아. 개구리도 닮았고 물고기도 닮았고. 흐흐, 메뚜기같이 생긴 사람도 있고. 음, 누군 꽃을 닮았고."

그때 학교의 어떤 쌤 생각이 났다. 그 쌤한테선 늘 풀향기가 났다. 옷도 늘 크림장미, 물망초 파스텔 톤이었어. 우리 학교 음악 쌤, 좋은 선생님.

"바위 같은 사람도 있어, 아빠처럼."

"그래? 아미는 아빠가 바위처럼 보이는구나."

"응, 난 그래. 털 달린 바위, 헤헤."

"봤어?"

"응, 자주 봐."

"꿈에서?"

"그치 뭐."

엄마는 잠시 또 멀거니 허공을 바라봤다.

"잠깐만."

엄마는 벌떡 일어나 엄마 방으로 들어갔다. 뭔가 한참 찾는 눈치다. 잠시 후 한 번도 보지 못한 구닥다리 노트북을 꺼내 왔다. 무슨 흉기같이 생겼다, 시커멓고 두껍고.

"자, 이거 다 엄마가 진짜 좋아하는 이야기들이야."

엄마는 그 구린 노트북을 열더니 갖가지 영상들을 모은 폴더를 찾아 작심한 듯 비번 풀고 내게 보여 주었다. 책이며 드라마며 영화에 다큐까지 영능, 예지력, 초감각, 초능력 등의 단어들로 가득 찬 자료들이었다.

〈영혼의 집〉, 〈목걸이 장인〉, 〈온〉, 〈카드로 만든 집〉, 〈초컬릿〉, 〈레드 바이얼린〉, 〈파니 핑크〉, 〈맨 프롬 어쓰〉, 〈콘텍트〉, 〈컨텍트〉, 〈브리다〉, 〈연금술사〉, 〈다음 차원으로의 여행〉, 〈세계의 신화와 상징을 찾아서〉, 〈베일 벗은 이집트 여신〉, 요시모토 바나나의 몇 가지, 엘리자베스 길버트의 테드 연설, 그 밖에 자각몽의 세계, 사라진 인류학자들, 그레이의 정체, 보르헤스와 유대 신비주의 등.

3

시간이 얼마나 흘렀을까. 꽤 오랜 시간 동안 나는 그 자료들을 훑어보았다. 엄마는 내가 모처럼 신나서 이것저것 감상

하는 동안 소파에 길게 누워 잠들어 버렸다. 많이 피곤해 보였다. 난 반대로 휘파람이 절로 나왔다. 지금까지 어른들한테 소복소복 쌓였던 갖가지 심통 속이 서서히 비워지는 기분이었다. 나중에 더 찬찬히 봐야겠지만 어디에도 호러나 주술, 점술 같은 다크한 분위기들은 없었다. 살인이나 전쟁, 징그럽고 무서운 내용도 없었다. 대개 아주 어리거나 나이 든 여자들이 초감각으로 예지하고 사랑하고, 가혹한 운명에서 해방되어서 사람들에게 따스한 메시지를 전하는 그런 이야기들이었다. 새벽빛이 막 푸르게 거실 안을 채울 즈음 엄마가 천천히 기지개를 켜며 일어났다. 앗, 브라만의 시간이 다 되었네, 뜻 모를 말을 하면서.

"아미 넌 왜 판타지, SF는 좋아라 하면서 엄마가 하는 일은 창피해? 너야말로 진짜 앞뒤가 안 맞는단 생각 안 드니?"

"난 현실은 현실이고 환상은 환상이라고 생각해."

그런데 왜 그 말을 하면서 또 심장이 덜컹덜컹, 따끔따끔하지?

"다 봤어?"

"뭐 대충. 나쁘진 않네."

"엄마도 저 사람들처럼 일부의 내가 그냥 그런 거야. 감각이 보통 사람들보다 더 많이 발달하고 예민해서 남들이랑 좀 다른 걸 보고 듣고 느끼고 하는 거지. 그뿐이야. 엄마는 무슨 신이 내리지도 않았고, 가족 중에 그런 일 하는 분들도 원래 없었고. 아예 엄만 원가족 자체도 모르는걸. 알잖아, 엄마 가족 없는 거. 그렇게 자란 거. 그런데…."

"그런데?"

"딱 한 번 방송국에 있는 선배가 부탁해서…."

"아 그때 그 아저씨?"

"응, 그 아저씨 때문에 딱 한 번 방송에 나갔다가 이런저런 일들이 줄줄이 생겨 버렸어."

엄마의 경우는 그냥 집중을 하고 있으면 영상 같은 것이 떠오르고 그러고 나면 어떤 하나의 주제나 메시지가 주어지는 일이 흔했다고 했다. 처음엔 중구난방 어수선한 메시지들도 십 대 중반에 들어서자 집중하면 할수록 또렷이 보이고 들리고 했다는 것이다. 순간 입이 또 근질거렸다.

"그럼 나도 좀 그런 걸 타고났겠지? 아무래도?"

엄마는 아무 말도 하지 않고 빙긋 웃었다. 아는 거야, 모르는 거야, 대체?

"하지만 엄마는 절대 그 감각을 쓰면서 살고 싶지가 않았지."

"왜?"

"엄만 너무 예민한 내가, 남들이 못 느끼는 걸 느끼는 그게 좀 무서웠달까. 그래서 꼭꼭 숨어서 산 편이야. 많은 사람들이 엄마의 정체를 알고 한 번에 달려들면 어쩌지? 아니, 날 괴물 취급하면 어쩌지? 난 도저히 극성스러운 사람들을 이길 자신이 없었거든."

"왜?"

"엄만 초능력자가 아니라니까. 물론 초능력자들도 그 힘을 절대 함부로 쓰지 않지만. 근데 결국 나한테도 그런 일이 일어나고야 말았고."

"초능력?"

"아마 그 비슷한 거겠지."

통제할 수 없는 포스는 위험해, 그런 말이 귀에 쟁쟁 울린다. 그게 비마의 목소리였나, 날탄의 목소리였나, 유디스의 목소리였나.

"말해 줘, 다. 무슨 일이 있었던 건지."

내가 태어나기 바로 전, 갓 스물을 넘긴 엄마가 나갔던 방송은 어느 유럽의 영화감독이 쓴 책에서 아이디어를 얻어 황기자 아저씨가 기획한 프로그램, 〈사라진 영성을 찾아서〉였다. 각 문화권을 대표하는 영성가, 힐러, 샤먼, 역술가, 초능력자 등을 십여 명 정도 어렵게 섭외, 그들이 활동하는 지역을 방문하여 미션을 제시하고 그걸 풀거나 해결하는 방식을 필름에 담아 오는 등, 한동안 인기를 끈 프로그램이었단다. 그 와중에 어떤 영능자는 현지에서 사기 행각이 밝혀지기도 하고 어떤 미션은 힐러가 속한 단체에서 아예 방송 금지를 요구하기도 했다. 그러다 마지막 방송에서는 몇몇 남지 않은 영능가들을 방송국에 초대, 아예 생방송으로 직접 그들의 모습과 능력을 보여 주었다.

그때 엄마는 갓 미성년을 통과한 가장 어린 한국의 영능자로 소개되었다. 딱히 부를 이름이 없어 사람들 뇌리엔 새끼무당이나 만신 같은 것으로 통하게 되었고. 황 기자 아저씨는 엄마의 보육원 시절, 같은 학교를 다니던 선배였다고 한다. 어려서부터 엄마의 예지력이나 몇몇 독특한 성장사를 지켜본지라 엄마에게 어려운 부탁을 한 것이었고 엄마는 내 짐작에 아무래도 당시 그 아저씨에게 호감이 좀 있었던 듯했다.

"그런데 대부분 거기 출연한 사람들은 뭔가 다들 든든한 끈이 있었어."

"끈이라고?"

"뒷배랄까, 붙잡고 있는 동아줄이랄까. 어떤 특정 교파의 신, 어떤 초의식자들의 계보, 유명 스승의 제자, 어떤 단체의 교주, 그런 게 다 있었다고. 일종의 보호막 같은 거였지. 엄만 그게 하나도 없었고."

"그래서 엄마가 무당이라 그러는 거야?"

"아니, 그게 아니고 어떤 뒷배도 없는 사람이 아주 당돌한

답을 해서 갑자기 빵 떠 버린 거야, 흐흐흐."

"유명해진 게, 초능력이나 예언 때문이 아녔어?"

"마지막 생방, 마지막 미션이었어. 촬영 당시는 1999년 1월, 새 천 년을 앞두고 이런저런 말들이 많았지. 1999년 12월 31일 소행성 충돌설에 태양 흑점 폭파설, 휴거설, 노스트라다무스의 3차 대전설 등 말세의 분위기도 팽배했었어."

"그런데?"

"오래전부터 말세에 일어날 사건 중 하나로 예견된 게 있었어. 적그리스도라 불리는 사탄의 무리가 인간 생체에 칩을 심어 자기들 맘대로 조정할 거라는, 일종의 빅 브라더 지배설, AI며 외계인 지배설 등."

"완전 SF네."

"그렇지. 사회자였던 황 기자 오빠는 그 칩에 대한 각자의 입장과 영능가로서 뚜렷한 해법을 제시하라고 했어."

"와아, 그게 미션이었어?"

4

"어떤 영성 단체의 대표는 인체에 그런 칩을 절대 심을 수 없도록 금속 감지 장치가 달린 거대한 오라 방어막을 발명하겠다 했고, 어떤 종교 단체의 리더는 자신들이 개발한 선식, 명상, 체조 등을 하면 어떤 외부 공격에도 끄떡없다고 했고, 기성종교 지도자들은 각자 자신의 교회, 사원, 절로 모이면 다 된다는 식이었지."

"음, 식상하다."

"엄마만 좀 엉뚱한 답을 했지."

"어떻게?"

"당시 난 지금 너보다 겨우 다섯 살 많은 갓 스물의 산동네 고아원 출신이었지, 학교도 변변히 나오지 못한. 방송국에 모인 사람들은 아무도 날 거들떠보지 않았어. 긴 생머리, 청바지에 하얀 티 쪼가리 입고 나갔거든. 입을 만한 옷도 정말 그거밖에 없었고. 게다가 첫 방송이라 정신이 하나도 없었어. 방송국 공기는 너무 답답해서 숨이 막혔고 머리가 계속 지끈거렸지. 나름 한국 대표 중 하나였던 엄마 혼자 너무 조용히 있어서 황 기자 아저씨가 무척 초조해했지. 그런데 내가 처음으로 입을 열어 길게 뭔가를 말하자 그때까지 별 기대도 안 하던 방송국 사람들, 방청객, 시청자 들이 갑자기 미친 듯 열광을 해 댔어. 그 분위기에 엄마도 당황했어. 다들 내가 무슨 진정한 예지자나 예언자라는 거야. 그 소문이 몇 바퀴 돌고 돌아서는 애기무당, 영험한 점쟁이로 둔갑해 버린 거지, 정말이지 황당하게."

"뭐라고 했는데?"

"진짜 진짜 평범한 답이었어. 평소 엄마가 생각한 바 그대로였지. 인류를 말살하기 위해 누군가 번거롭게 사람 몸에 칩 따위 심지 않아도 된다고. 왜냐하면, 이미 우린 어둡고 캄캄한 대기 속에 푹 잠겨 있어서, 모두가 서로에게 얽히고설켜 꼼짝도 못 하고 있는데, 인류 공통의 운명이라는 칩, 그게 이미 우리를 강력히 지배하고 있는데, 무슨 칩을 따로 심고 박고 하냐는 거야, 새삼스럽게."

"와!"

신박한데? 엄마 그때 갓 스물 맞아? 대학생도 아니었던?

"사실은 카르마에 대해 말한 거야."

"정말?"

"그래, 우린 진작부터 카르마, 즉 업보라는 거미줄에 걸린 벌레들 처지였고 지금 인류의 몰골이 이러하다. 원래는 아름답고 정교한 거미줄에 하나하나 영롱한 이슬방울들처럼 맺혀 있었는데 지금 이렇게 돼 버렸다. 이대로 두었다간 칩을 박거나 말거나 다 파국이다, 파국! 그랬지."

엄마는 잠시 말을 끊고 숨을 깊이 몰아쉬었다.

"맞잖아, 아미야. 우린 이미 유전이란 칩, 강제로 주입되는 교육이란 칩, 그런 칩들이 무수히 여기저기 박혀 있는 것도 모르고 하루하루 대충대충 살아가고 있어. 소문, 욕망, 번

뇌, 광기, 거짓말…. 우리 무의식까지 깊이 박힌 그런 칩들. 이게 정말 무서운 거야. 그러니까 외계인이 우주선 타고 내려와 따로 칩을 심을 일도, 그에 맞서 싸울 일도 애초에 없는 거지. 우린 지금도 서로가 서로의 뇌 속에 쉼 없이 침투해 기억의 이름으로 서로를 괴롭히고, 사랑의 이름으로 서로를 물어뜯고 있잖아?"

모처럼 긴 말을 마친 엄마가 내 눈을 가만히 바라봤다. 다시 오래전 그 맥없고 서글픈 눈빛이 되어 있었다. 슬슬 불안해졌다.

"왜? 뭐?"

"미안해."

"응?"

"이런 말 하는 것 자체가 너한테 무지 미안하지."

"쳇."

"사실 여기가 바로 지옥 그 자체라고, 엄마가 그렇게 말한 거잖아. 그걸 알았으면서도, 그렇게 믿고 살았으면서도 아빠 만나 좋아라 하고, 그래서 널 또 낳고, 이 지옥 구덩이에 널 던져 놓고, 이렇게 생고생시키고. 미안하다, 아미야, 다 미안해, 내가."

엄마는 대체 어떻게 그런 생각을 하며 살았을까. 엄마는 정말 저 하늘의 별빛 타고 여기까지 흘러 들어온 남다른 존재인 걸까. 아니면 고아라서 원래 사는 게 하루하루 그토록 힘들었던 걸까.

"그런데 아미야, 엄마가 방송에서 그런 말들을 쏟아 낼 때 젤 신기했던 게 뭔지 알아? 진짜 하고 싶은 말을 원 없이 하니까, 마치 어깨에서 날개가 마구 돋아나는 거 같았어. 정말이지 그땐 알 수 없는 힘이 마구마구 솟구치더라."

그러자 우연인지 뭔지 몇몇 방청객의 오랜 지병이 순식간에 나았고, TV를 보던 사람들 가족 중 가출했거나 잃어버린 사람들이 하나둘 되돌아왔다. 한 열흘 정도, 방송을 본 사람들에게서 별별 일들이 다 일어났다. 사람들은 모두 엄마를 지목해 바라봤고, 연거푸 방송에 나가면서 몇 가지 중요한 사건들도 쉽게 맞췄다. 입술에 올라오는 대로 문장을 쓰면 대서특필 되기도 했다.

"마침내 그 유명한 신 내린 어린 만신이 되어 버린 거지. 그때 내 나이가 꼭 스물, 옛 스승들의 가르침으론 그 나이가 되면 전생의 기억들이 대부분 돌아온다고 하던데 아마 전생에 내가 그런 일을 하긴 한 거 같아. 갑자기 선거 결과를 알려 달라며 헬기 타고 나타난 유명 정치가도 있었고, 땅 사는 데 가자, 유산 찾아 달라 등등 난리도 그런 난리가 없었어. 다 거절하니까 나중에는 근본 없는 고아라는 둥, 황 기자 아저씨랑 다 짜고 친 고스톱이었다는 둥 진저리가 났어, 그 모든 게. 그땐 내가 정말이지 딱, 죽고 싶은 마음이었지. 여긴 정말 지옥, 사람들은 죄다 야차, 아수라들 같았으니까."

엄마의 긴 이야기가 끝이 났다. 내 귓가에서는 또르르 또르르 벌레 울음소리가 다시 들리기 시작했다. 이명도 아니고 진짜 벌레 소리도 아닌, 어려서부터 들었던 아주 오래된 어떤 소리. 한동안 그 소리에 귀를 기울인다. 소리는 점점 커져 풀피리 소리로 변한다. 그래, 날탄. 날탄 목소리가 꼭 이랬지. 둘 다 각자의 생각 속에 푹 잠긴다. 샛별이 하늘 꼭대기에 성큼 떠 있었다. 엄마에게 더 이상 할 말이 떠오르지 않았다, 심지어 아빠 이야기조차도.

"그나저나 아미야, 우리 이제 여기 떠야겠다."

"왜? 아까 그 거위 아줌마 때문에?"

"것도 그렇고."

"미안해."

"아니, 다 나 때문이야. 넌 상관없어."

"대신 나도 하나 깔까?"

"뭘?"

"나도 있어. 엄마처럼 남다른 거, 몇 개쯤."

엄만 빙긋 웃었다. 그러더니 내 턱을 가만가만 쓸어 주었다. 오랜만에 진짜 엄마의 강쥐가 된 기분이었다.

"됐어, 괜찮아. 엄마도 알아. 근데 뭐가 됐든 당분간 혼자만 알고 있어."

"아니야, 엄마. 뭐든 물어봐. 나도 다 깔게. 그리고 이사하지 마. 일해. 지금처럼 묵묵히 그냥. 나 앞으론 엄마 절대 안 창피해할게, 응?"

"고맙네, 우리 애기."

하지만 엄마는 다시 홀연해졌다. 또 완전 혼자 있는 것같이 보였다. 익숙한 모드다. 시장 가서도 사람들 앞에서도 가끔 저런다. 저걸 내가 부르는 이름이 또 있다.

동그마니 엄마, 물끄러미 엄마, 세상 혼자 사는 엄마!

"석 달이면 됐어. 석 달이면 충분해. 15년, 그리고 석 달, 그만하자, 이제 진짜 그만."

"뭐가?"

"머지않아 사람들이 다시 몰려올 거야. 기다렸는데, 신호도 오래 보내고. 내가 뭔가 꿈틀대면 걱정되어서라도, 널 봐서라도 다들 단숨에 달려올 줄 알았는데 말이지."

"누가?"

"다 부질없다, 부질없어. 내가 뭐라고, 우리가 뭐라고, 그렇게 바쁜 이들이."

내 질문에 답은 꿀꺽 삼켜 버리고 엄마는 계속 제 할 말만 했다, 씨이.

"아미야, 인디언들 중에 체로키족이라고 있어. 그들은 자신들만의 문자를 만들어 썼지. 그래서 살아 있어, 영원히. 지금도, 사람들 마음속에."

"체로키?"

"어쩜 산들의 날개는 언어와 문자일지도 몰라. 우리가 보지 못하는 날개는 어쩜 잃어버린 말의 힘일 수도 있고. 너 좀 전에 마음속 말 한마디로 어떤 사람 하나를 완전히 얼려 버렸지? 난 네가 요즘 어떤 일을 겪는지 대충 알 거 같아. 엄마도 그랬으니까. 그러니 굳이 말할 필요 없어. 우린 그저 생각 하나만으로 날 수도 있고, 주문 하나만으로 천사가 될 수도 있는 거야."

"안다고?"

"약속해, 아미야. 넌 그걸 부디 믿어야 해."

"뭘?"

"말의 힘, 그리고…."

"그리고?"

"아직은 너만 알고 있어, 뭐든."

"응?"

"우린 그들의 결정을 기다려야 해…."

"뭐래?"

"문 앞까진 어떻게든 갈 수 있지만, 문을 열 순 없어. 우린 아직…."

그러면서 엄마는 간만의 흐느적흐느적 걸음으로 옥상정원

으로 나갔다. 언제부턴가 정원 한쪽 구석에 작은 미니 천막이 하나 쳐져 있었다. 엄마는 그 낮은 천막 안으로 허리를 구부려 들어가더니 무슨 두툼하고 긴 막대 향 같은 것에 불을 붙여 들고 나왔다. 놋쇠 향로를 진작에 거기로 옮긴 거였나?

이윽고 엄마는 한 손으로 막대 향을 들고 다른 팔은 길게 뻗어 달빛 아래 빙글빙글 돌기 시작했다. 인디언 춤인가, 혹시 저게? 달빛 받은 옥상은 엄마의 바람대로 빙산처럼 하얗게 반사광을 뿜어냈다. 엄마의 몸은 그 빛을 받아 무슨 빙글빙글 돌아가는 춤추는 글씨처럼 보였다.

엄마가 든 막대 향 끝에서 타닥타닥 작은 불꽃이 오색으로 타 들어갔다. 그 불의 별꽃에서 작은 별이 노래하는 것처럼 쟁강쟁강 소리와 빛의 섬광이 동시에 일어났다. 불꽃이 타는 소리, 은빛 유리종 같은 소리, 먼 하늘 별나라까지, 아빠가 있는 저 먼 나라 설산까지 닿을 소리. 그런데 그 막대기 끝, 반짝반짝 섬광이 탁탁 튀며 일어나는 부분이 허공에 대고 뭔가를 제 스스로 그리기 시작했다. 그림, 아니 글자, 아니 그림글자였다.

나는 그 글자들을 온전히 기억하려 눈을 부릅떴다. 그래야 할 것 같았다. 하지만 그것들은 순식간에 흩어졌다. 간신히 주섬주섬, 뜻도 모를 그 몇몇 글자들의 모양을 더듬자면 대충 이랬다. 글자가 마치, 춤추는 것 같았다. 사람, 새, 눈사람, 구름 등으로 내 눈엔 보였다. 신기했다.

“오리야어야. 너희들이 신보다 더 믿는 구글에도 버젓이 나와. 한번 찾아보던가.”

멍하니 놀라 허공을 바라보고 서 있는 내게 엄마는 한마디 휙 내던지더니 피곤하다는 듯 방으로 들어갔다. 옥상의 모든 불이 탁 하고 일제히 꺼졌다.

6장

다시 꿈꾸는 시간

1

오리야어(ଓଡ଼ିଆ)는 인도의 오디샤 주에서 사용되는 공용어로, 오리야인들의 언어이다. 인도유럽어족에 속한다. —위키백과

다음 날 아침, 잠에서 깨자 간밤에 비마가 우리 집 옥상에 다니러 왔던 기억이 불쑥 났다. 꿈이었나, 생시였나 좀 아득하지만. 비마를 보고 엄마가 얼싸안고, 그리고 또 화를 좀 내고, 다투는 것 같고, 비마가 엄마를 허공에 휙 던져 올린 다음 껄껄거리며 받아 안고, 분명 그랬던 것 같다. 꿈이었겠지. 비마랑 엄마가 대체 왜? 그나저나 저 글자들 배열이 제대로 된 건가? 내가 잘못 기억한 건가? 아무리 뒤지고 찾아도 엄마가

쓴 저 글씨들의 뜻은 당최 알 수가 없었다, 흑!

아침 먹고, 나는 어렵게 엄마에게 말을 꺼냈다.

"엄마."

"왜?"

"여기 뜨기 전에 꼭 같이 가 볼 데가 있어."

엄마는 웬일로 빙그레 웃었다. 그리고 흔쾌히 그러자고 했다. 당황스러웠다. 외출을 싫어하는 사람이다, 엄마가 본래. 나는 오늘 엄마랑 비탈을 함께 내려와 슬슬 걸어서 같이 쌈룡으로 가 볼 참이었다. 대중교통도 싫어하는 엄마를 위한 나름의 배려, 게다가 나로선 큰 용기였다. 혼자 가는 것도 큰마음을 낼 일인데 엄마까지 대동하고 거길 말이다. 후우!

"엄마, 근데 왜 그렇게 기분이 좋아? 걱정 안 돼?"

"뭐가?"

"앞으로 또 어떻게 살지."

"아니, 걱정은 무슨. 일도 안 되는데?"

밤사이 뭔가 또 홱 변해 버린 엄마, 커다란 등짐이라도 내려놓은 듯 가뿐해 보였다. 얼굴도 더 말개지고 반짝반짝 윤기까지 흘렀다. 진짜 누가 다녀갔나? 아님, 벗어던진 커다란 등짐이 혹시 나?

"엄마."

"응?"

"이제 다시 알바 자리 알아볼 거야?"
"음, 글쎄다. 어쩔까?"
"지금 나랑 어디 가는지 알아?"
"글쎄요?"
"일단 가 보자, 엄마. 이제 나만 믿어."
초겨울 바람이 코끝에 매움하니 감겼다. 쌈룡이 가까워지자 심장이 점점 쫄려 왔다. 엄마랑 팔짱 끼고 여기를 같이 오게 될 줄이야! 쌈룡의 출입문은 전 웨딩홀답게 화려, 조잡, 짝퉁, 로코코 풍이었다. 그 웃기게 생긴 문을 기세 좋게 열고 1층 로비로 쓰윽 들어섰다. 그런데, 정말이지 난 다시 한번, '내 눈을 의심하지 아니할 수 없었다'. 학원 로비 북유럽풍 에코 소파며 겨울용 폭신 해먹 곳곳에 고터와 바게트, 그리고 간자와 호영이 떡 하니 미리 와 진을 치고 있지 뭔가!
"뭐야, 너네?"
"너야말로 학원가에 웬일? 고명하신 어머니까지 모시고?"
"스읍, 까불래?"
나는 한 팔을 올려 주먹을 불끈 쥐고 허공에 휘둘렀다. 고터가 저게 미쳤나 하는 표정으로 두 눈을 똥그랗게 뜨고 날 노려봤다. 그러더니 해먹에서 내려와 공손히 섰다. 물론 완전무결한 공손까지는 아니었지만.
"미안미안. 안녕하세요? 저, 아미 친구 동석입니다."

엄마는 귀엽다는 듯 빙그레 웃더니 갑자기 고터를 와락 끌어안는다. 엄마 오늘 정말 이상하다. 고터는 얼굴 전체가 홍당무가 됐고. 갑자기 녀석이 조금 가여워질 뻔까지 했다. 유디스는 어디 학원장 모임이라도 가셨는지 자리에 없었고 우린 주방으로 몰려가 옹기종기 둘러앉았다. 그때 주방에서 뭔가 드르륵드르륵 가는 소리가 나더니 날탄이 피처럼 붉은 주스를 내왔다.

"흐미! 왜 이렇게 주스가 새빨개요?"

간자가 꽥 소리쳤다. 그러면서도 젤 먼저 손을 뻗어 잔을 잡더니 꿀떡꿀떡 맛을 본다.

"비트랑 체리, 머루포도 껍질까지 같이 갈았어. 이 동네에서 가장 새빨간 주스는 뭘까 고민한 결과지, 크크."

"우웩!"

"아, 뭐야. 진짜 피 같잖아요."

"점점 익숙해져야겠지? 사실 여기 호러 아카데미인 거 너넨 미처 몰랐지, 낄낄."

호영이랑 바게트는 인상을 팍 찡그리며 날탄과 한창 주거니 받거니 하는 중이었다. 그러면서도 단숨에 주스를 흡입했다. 아, 개맛있어. 또 없어요? 머루포도는 아마 압력솥에 삶은 거 같아. 그치, 하면서.

엄마는 그윽한 미소를 머금고 있다 날탄과 눈이 마주쳤다.

그러자 둘은 만면에 미소를 가득 지으며 서로 까딱 목례를 했다. 뭐지? 둘이 아는 사인가? 최대한 안 들키려 하고 있지만 분명해. 둘이 안다, 알아. 분명 봤다. 난 동작도 미분할 수 있는 아이거든. 하여 슬쩍 눈을 감고 이마 앞 스크린에 집중해 보았다. 둘이 무슨 사이야, 보여 줘, 보여 줘! 악! 난데없이 천장에서 뭔가 토독토독 토도독 와그르르~ 작고 단단한 것들이 내 머리 위로 와장창 떨어졌다. 가만 보니 햇도토리, 눈처럼 하얀 잣 알갱이들이었다. 아프진 않았지만 깜짝 놀랐다. 방금 전까지 무슨 생각을 했는지 순식간에 다 날아가 버릴 정도로.

"와, 도토리다!"

"와, 잣이 어떻게 이렇게 하나하나 다 까져서 떨어지지?"

"아, 개맛있어."

호영과 바게트는 점점 죽이 착착 맞았다. 반면 나는 머릿속이 텅 빈 듯 멍했다.

"붉은 주스 참 오랜만이네요. 역시 맛있어요. 잘 마실게요."

"여긴 그 꽃들이 너무 비싸서."

"맞아, 다 수입해야죠. 거기선 흔하디 흔했는데."

틀림없어. 엄마와 날탄, 둘은 무슨 추억의 술잔을 기울이는 연인들처럼 피처럼 붉은 주스 잔을 서로 기울이며 아련한 표정을 짓는다. 아, 아까 내가 둘이 어떤 사이지, 그러다가 저 도토리들이랑, 잣 같은 것들이. 에그머니나! 깜짝 등장의 아이콘 비마가 또 급습하듯 불쑥 식탁 앞으로 나타났다. 나는 잽싸게 바닥도 노려보고 천장도 살펴봤다. 대체 정상적으로 걸어 들어온 걸 본 적이 없다, 저 멧돼지족 털보 거인 씨. 비마는 뭔가 두껍고 무거운 책들을 두 팔 가득, 머리 위에도 한가득 안고 이고 우리가 둘러앉은 테이블로 짠, 그야말로 홀연히 나타난 거였다.

"라다!"

"비마!"

뭐야? 라다, 비마? 아니, 그보다도. 아, 뭐야. 라다? 언젠가 들었는데? 아까 도토리, 잣들 때문에 머리가 급 나빠져 버린 게 틀림없었다.

"엄마, 이름이 대체 몇 개냐? 스파이냐? 국정원이야?"

둘은 본래 서로 잘 아는 사이였다. 어쩐지 산적 두목 같더라니. 비마는 아빠랑 아주 오랜 산 친구라 했다. 아니, 아빠의 산 형님뻘이라나? 심지어 눈 덮인 산에 오래 같이 살던 설산족 형제들이라나? 뭐, 구르카가 어쩌고, 쿠크리가 저쩌고, 도코는 뭐고, 또 그룽그룽 그런 단어들이 들렸다 멀어졌다 했다. 한참을 그러더니 애고고, 이게 진짜 웬일? 라단지 엄만지 비만지 산적인지 둘인지 넷인지는 두 손을 부여잡고 두 뺨을 교대로 한동안 비쥬비쥬 부비부비, 난리를 쳤다. 그런 둘을 날탄은 팔짱 낀 채 꼿꼿이 서서 흐뭇하게 바라보았고. 무슨 고

조할머니 눈빛 발사하면서 말이다. 그렇다면 흐규 어젯밤 꿈, 아니 그게 꿈이 아니라 생시였어. 아님 예지몽? 어쨌든 환영도 망상도 아니었어. 나쁜 조짐은 당근 아니겠지?

2

오늘은 이사하는 날이다. 엄마와 나로선 가히 역사적인 날이 아닐 수 없었다. 지난 며칠 사이 모든 게 착착 눈부시게 진행되었다. 그래서 다른 생각할 겨를이 없었다. 문제는 책장이었다. 이젠 책도 다 팔거나 나눠 주고 책장도 무거우니 두고 가자는 엄마 말에 나는 불같이 화를 냈다. 엄마는 깜짝 놀라며 나를 달랬다. 덕분에 큰 트럭을 한 대 더 불러야 했다.

이사 당일 옥상엔 일찍부터 이런저런 사람들이 하나둘 모이더니 거의 작은 인파 수준이 되어 버렸다. 호영이랑 고터까지 왔다. 고터가 이사를 도와주러 왔대서 난 속으로 깜짝 놀라 입틀막을 하다 딱, 녀석과 눈이 마주쳐 버렸다. 아주 쪼끔 미안했다. 옥상에 둘러선 어른들 대부분은 엄마의 폐업을 아쉬워하는 기색이 역력했다. 나 갓난아기 때부터 15년 가까이 엄마랑 언니 동생 하던 영자 씨 얼굴이 그중 가장 서운해 보였다. 근데 뭐가 마땅치 않았던지 영자 씨가 꽥 소리를 질렀다.

"아, 고마해!"

"끝으로 딱 한 번만 내가 영자 씨에게 헛소리 하나 할게."

엄마는 큼큼 목청을 가다듬었다.

"영자 씨, 꽃 한 송이를 쓰다듬어 봐. 하늘의 별들이 기뻐 노래한다네!"

"닥쳐! 그놈의 헛소리, 징글징글허네. 어여 가, 썩 꺼져. 내 이 꽃들 다 뽑아 버릴라니께"

그러면서도 둘은 오래도록 깊은 포옹을 한다. 그때 헐레벌떡 숨을 가쁘게 몰아쉬며 진한 머릿기름 향에 슈트발 휘날리는 신사 한 분이 엄마를 막아선다.

"이렇게 가면 어쩌나, 내가 신세도 다 못 갚았는데!"

"신세라뇨. 도리어 절 도와주신걸요, 이렇게 되게끔 다."

"덕분에 내 상속 지분 잘 챙겼어요. 부모님 유서 가필로 조작한 동생들, 싸그리 골로 보냈습니다. 다 만신님 덕분이에요. 이 양반이 형사에 변호사가 아주 따로 없었어."

"그럼 정말 크게 횡재하셨겠네요."

"그렇지, 그럼 그렇고 말고. 인수한 건물, 이제 막 고층으로다가 증축도 시작했고."

"좋아요, 사장님, 잘 됐어요. 그런데, 진짜로 감사하시면 일단."

"일단?"

"일단, 십일조부터 내셔야죠."

"뭔 소리야?"

"음, 횡재는 횡액과 한 쌍이에요. 모르셨어요?"

"뭐야? 복채는 진작 섭섭지 않게 쥐어 줬구먼."

"십일조 꼭 내세요. 농담 아녜요."

"아니 여기가 무슨 교회도 아니고 무당한테 십일조라니!"

신사의 얼굴이 점점 벌겋게 달아오르기 시작하더니 엄마한테 무당이란 말까지 했다. 나는 두 주먹을 꽉 쥐었다. 여차하면, 튀어가 깨물어 버릴 테다, 하고.

"원래 십일조는 공동체의 숨은 공헌자, 약자 들을 위해 일정한 몫을 꼭 떼던 풍습이었어요. 혼자 되는 일도 버는 일도 예나 지금이나 이 세상에는 없어요."

"누가 뭐랬다고."

"사장님, 세상의 물질은 풍선 같은 겁니다. 여기 누르면 저기가 푹 나오고 저기 누르면 여기가 푹 나오죠. 거저 얻은 걸 혼자만 먹고 입 싹 씻으면 어떤 식으로든 동티가 나요. 잊지 마세요. 진짜 십일조!"

엄마의 목소리는 단호하고 높았다.

"뭐야? 도로 다 당신한테 토해 내란 거야, 그럼?"

"저한테 아녜요. 그렇다고 너무 멀리서도 찾지 마세요. 댁에 가서 부인부터 잘 대해 주세요. 어릴 적 친구, 관혼상제 때

힘 되는 친지, 늘 먼저 살피고 또 살피세요. 가까이 있는 형제 자매부터 챙기시라고요. 그것도 싫으시면 김밥 할머니들처럼 희사라도 하세요. 자비희사."

"참 나!"

"그러고도 남으면 세상 챙기시는 거예요."

그러거나 말거나 사장이란 사람은 쇠고집이었다. 그가 쳇, 소리와 함께 입을 꾹 다물고 막 돌아서 옥상을 나가려는 참이었다. 엄마는 잠시 긴 한숨을 쉬었다.

"손쉽게 거저 얻은 건 말이죠."

누구랄 것도 없이 숨을 죽였다. 옥상 전체가 일순 고요해졌다.

"그리 나누지, 아니 사장님 말대로 잘 토해 내지 않으면, 꼭 그만큼의 손실이 일어나요. 돈으로든 사람으로든."

"그걸 누가 아누."

소규모 인파 속에서 누군가 볼멘소리로 외쳤다.

"당장이 아니라도 언젠가."

"못된 놈들이 더 잘살더만."

이번에는 영자 씨 목소리 같았다.

"아니면 여러분 자신이거나 가까운 누군가의 목숨값으로까지 반드시 그 몫을 도로 갚게 되어 있어요."

마지막 문장에서는 모두가 일제히 얼어붙었다.

"횡재가 횡액이 되는 건 순간이랍니다. 잘 알아들으셨죠, 여러분? 자, 이제 저희는 진짜 이사 좀 하겠습니다."

언제 와 있었는지 황 기자 아저씨가 벌떡 일어나 상자들을 계단 쪽으로 옮기기 시작했다. 이제부터 우리가 어디로 이사 가는지는 기자 아저씨한테도 물론 비밀이었다.

3

달랑 애들은 우리 다섯, 엄마 라다까지 강사는 무려 넷. 강사 한 사람만 더 오면 1:1 강의까지 가능하겠다. 맨 처음, 쌈룡학원 동계특강의 시작은 그렇게 조촐했다. 고터는 그나마 고개를 아재들처럼 끄덕이며 강좌들이 기대된다고 했고, 바게트와 호영은 아무래도 급식실과 조리실이 딸린 학원에 큰 '메리트'를 느끼는 것 같았다. 간자는 각자 형편대로 내라는 수업료를 공짜라고 해석해서는 그 돈으로 평소 꿈인 미술학원 등록을 했단다. 그래도 공짜는 너무한데. 나는 좀 못마땅했지만 어쩔 수 없었다. 아무튼 학원은 꼭, 어서, 잘 돌아가야 했다. 왜냐하면, 엄마가 쌈룡의 네 번째 강사가 되는 조건으로 쌈룡의 강사 숙소 중 젤 아늑한 5층 다락방, 거기에 우리 둘의 입주가 성사되었기 때문이다. 만세! 살면서 이렇게 푸근한 기분이 드는 건 처음이었다.

"정말 잘 되었어요."

엄마는 애초에 날탄이 맡을 예정이던 과탐 선행학습이라 쓰고 '천체천문연구'와 '우주의 기원 및 진화의 역사'라고 읽는 강의를 흔쾌히 맡기로 했다.

"고퇴인데, 나 학력. 사람들이 뭐라면 어째요?"

"그럼, 유수린 방송 출연 기록, 확 까 버리죠, 뭐!"

"네?"

날탄이 두 어깨를 서양 여자처럼 으쓱 올린다. 난 모든 게 너무 신이 나서 도리어 불안할 지경이었다. 살다 보니 이런 날도 다 있다. 게다가 아직 개학도 개멀었으니, 우하하하하핫. 아, 살 거 같다, 정말이지 살 거 같다!

"그래, 넌 학원이 생전 처음이니까 그렇지."

"곧 신물이 날 대로 날 거다. 온종일 학교보다 더한 시간표 노예가 될걸?"

"엄마랑 같은 학교 있어 봤어? 난 있어 봤거든? 그거 완전 핵쪼여, 췟."

간자가 틈만 나면 비비 꼬아 댔다. 고터는 점점 말수가 줄고 있었고, 나머지 둘은 고개를 가로저었다. 이건 어디까지나 정상적인 학원이 아니라는 거였다.

"그냥 이번 겨울방학은 중3 이전 마지막 휴가라 여길 테다."

"어쩜 집에서 허락하면 조리고 들어갈지도 모르니까 미리 실습한다 여기면 될 것 같아. 개학하면 다 그만두고 시험 준비나 해야지 뭐."

"조리고 커트라인 개높더라."

"그럼, 경쟁률 개쎄."

"그래?"

호영과 바게트는 나름 진로에 대해 진지하게 떠들었다.

"이거, 너희가 친구들한테 좀 나눠 줄래?"

학원 홍보지였다. 나 말고 나머지 네 명은 이런저런 단과들도 다니고 있었고 간자는 거기에 미술학원까지 다니는 중이었다. 그런데 날탄이 건넨, 눈에 전혀 안 띄게 생긴 하늘색 종이 뭉치를 보자마자 우린 모두 우웩! 오글오글 오그르르, 그만 연탄구이 오징어가 되어 버렸다.

※ 사랑과 우정의 쌈룡학원! ※

☆☆☆☆☆

2015 겨울, 동계특강 시작!

2016 전국중등평가고사 철저 대비!

....

"아 쪽팔려!"

"뭐가?"

"사랑과 우정이 뭐에요, 진짜! 초구리구리하게."

"그럼 뭐라고 해?"

"최강, 으뜸, 그러니까 프라임, 알파, 완승, 정복, 제패, 뭐 그딴 거 있잖아요."

"그게 뭐야? 달리기야?"

"아, 그게 아니라요."

"애들아, 지상에 영원히 계속되는 것들은 다 이유가 있는 거야."

"헐?"

"너희 사랑 싫어? 우정 싫어? 인간이 사랑 없이 살 수 있을까? 우정 없이 살 수 있어? 단 1초라도 그게 가능해? 그런 게 바로 클래식이란다. 영원한 고전의 아름다움!"

"아, 뭐, 그, 그건 아니지만. 학원에서 뭘 그런 걸 굳이, 음악도 아니고."

"원래, 학원에서는 그런 걸 가르치는 거야."

"으응? 누가 그래요?"

"그리고 좋은 건 자꾸 주문처럼 외워야 하는 것이고."

"아무리 그래도 그렇지요."

"일주일 단위로 계속 새 강좌가 개설되니까 한번 주위에 알려 보는 것도 괜찮을 거야."

"여기 보니까 처음 일주일은 거의 종일반이던데, 저녁 이후 시간에는 다른 학원에 가도 되겠죠?"

"글쎄, 체력이 될까? 장난 아니게 들 텐데."

체력? 응, 그래, 종일 학원에서 공부하면 체력이 남아나질 않겠지. 하지만 체력이 장난 아니게 든다는 의미를 제대로 아는 데에는 하루도 채 걸리지 않았다.

"하루일과가 새벽 여섯 시에 시작해서 네 시에나 마치는 걸?"

"예에? 시간표엔 아침 여덟 시 시작이던데요?"

흐미. 우린 아침잠이 진짜 자도 자도 개많을 한창 나이다. 우린 동시에 꽥 하고 괴성을 질렀다.

7장

첫 수업

1

개강이 코앞으로 다가왔다. 수강생은 여전히 달랑 다섯인데 강사들은 무지하게 바빠 보였다. 거기에 엄마까지 가세하여 바쁘다, 시간이 얼마 남지 않았다, 그런 말들을 자주 주고받았다.

아직 그렇게 부르기엔 뭔가 확실하진 않았지만 그들 사이, 엄마까지 포함, 무지갯빛 실타래들이 서로 굳게 이어져 있는 것을 나는 자주 느꼈다. 육안으로 보고 있지 않아도 비마의 눈부신 활주를 감지할 수 있었고, 날탄이 혼자 뾰족탑 위에서 자유자재로 활공하는 모습이 선명히 떠오르기도 했다.

한편, 자주 사라졌다 돌아오곤 하는 유디스는 엄마를 처음 보자마자 환하게 웃으며 오래오래 꽉 안아 주었다. 살짝 배신감이 들었다. 저 사람도 아빠랑 같이 산 타고 다니던 사람이었나? 오리야족? 아니면 전에 들었던 사원지기 구르카? 엄마는 자신에게 라다라는 이름을 지어 준 이가 바로 유디스라고 내게 거꾸로 소개해 주었다.

엄마가 방송에 나온 후 갖가지 구설수에 시달리다가 정처없이 온 세상을 떠돌 때 먼 나라 설산 마을에서 모두 만났다고 했다. 기진맥진해 쓰러지기 직전인 엄마를 젤 먼저 구한 건 아빠, 그 무렵 설산에서 젤 오래 살고 있던 유디스, 그땐 한창 더 젊었던 비마, 모두가 서로 아는 사이였단다.

언제 하루 날 잡아 아빠 이야기를 질리도록 듣고 또 듣고 싶었지만 나는 일단 학원 생활부터 묵묵히, 열심히 하자고 기특한 결심을 했다. 죄다 우리 아빠를 아주 잘 아는 분들이라는데, 나도 자식 체면이란 게 있지. 게다가 모두 구르카의 후예들이라면 그건 싸움을 개잘한단 얘기다. 한 성격 한다는 거지. 조심해야 한다, 당분간.

구르카, 현재는 그저 용병으로 세상에 알려져 있지만 원래는 고산지대를 누비던 무적의 무사였다. 신성한 산 히말라야, 빙하 옆 비밀의 일곱 사원들을 목숨 걸고 지키던 용맹한 존재들, 법의 수호자, 찐 중의 찐 구르카들!

드디어 첫 수업이다. 그날따라 겨울바람이 무지하게 찼다.

코끝이 알싸한 새벽, 날탄은 얼굴이 발그레해서는 무지 신나 보였다. 큰일이다. 시간 지켜 1층에 나타난 건 나 하나였다. 그런데도 날탄은 뭐가 그리 좋은지 큰 소리로 호이호이, 콧노래까지 불렀다.

"자, 가자!"

나는 어안이 벙벙했다. 이 겨울에, 이 추위에, 이 새벽에 어딜 대체?

"호영이 집이 어디라고?"

호영이를 젤 먼저 깨워 앞세우니 다른 녀석들 집은 쉽게 찾을 수 있었다. 날탄은 순식간에 젊고 싹싹한 학원 강사 포스를 천연스레 내뿜었다. 그랬더니 집집마다 학부모님들께 대환영을 받았다. 세상에 이런 성의 있는 학원이 어딨냐는 거다. 나와 호영은 아이들 방으로 쳐들어가 낄낄거리며 사상 초유의 악역을 마음껏 시전했다. 대짜로 퍼 자고 있던 고터를, 코 골며 이까지 가는 바게트를 손에 잡히는 대로 쥐고 흠씬 두들겨 깨웠다. 속이 다 시원했다. 다만 간자만은 어떻게 알고 골목길에 미리 나와 서 있었다. 약삭 빠른 놈.

잠시 후 우리 다섯은 어지러울 만큼 빠른 속도로 은내천 내 모든 봉산들을 쉼 없이 오르내리고 있었다. 나아가 봉산에서 시도 경계까지 넘어 더 높은 산줄기를 따라 걷고 또 뛰었다. 그렇게 꼬박 시간 반, 이윽고 봉산 정상에 다시 도착하자마자 날탄은 뒤에 지고 온 배낭을 풀어 뜨끈한 차를 나눠 마시게 했다. 누덕누덕 기운 날탄의 산더미만 한 배낭에서는 끝없이 뭔가 계속 나왔는데 일단 폭신한 방석과 두르면 잠이 올 것처럼 따스한 모포를 꺼내 하나씩 나눠 주었다.

"맞지? 이거 아주 특수한 대안학교 분명하다니까?"

호영이 둥근 눈을 커다랗게 뜨고 오들오들 떨며 말했다. 나머지 셋은 벌써 방석에 머리를 기대고 벌렁 누워 버렸다. 우린 아무래도 학원이 아니라 군대에 끌려온 것이 분명했다.

그렇게 입에 단내가 나도록 뛰고 눕고 다시 뛰고 하면서 쌈룡에 돌아오니 아침 여덟 시였다. 허리가 절로 꺾일 만큼 배가 고파 학원에 도착하자마자 1층 식당으로 뛰어 들어갔다. 식탁에는 아기 머리보다 크고 둥근 갈색의 껍질 단단한 빵이 막 구워져 따끈따끈 김을 피워 올리고 있었다. 밀 향내에 단침이 꼴깍 넘어갔다. 따스한 수프에 갖가지 과일잼들, 어! 이 눈처럼 하얀 건 또 뭐지?

"카이막이야."

"엉?"

"세계에서 젤 맛있는 버터크림이지. 꿀도 터키 것이니 함께 즐겨."

아아. 진짜 짱, 개맛있어! 우린 피곤하고 졸리다고 투덜거릴 겨를 없이 정신없이 먹고 마셨다. 먹다 보니 엄청난 행복

감이 밀려왔다. 배를 두들기며 각자 좋아하는 해먹에 흩어져 곤한 잠을 청했다.

"첫 수업은 잼났어?"

엄마가 웃으며 다가와 귓속말로 묻는다. 나는 기분이 좋아 아기 때처럼 잠깐 엄마 목을 꽉 끌어안다가 스르르 풀어 주며 말했다, 약간의 엄살을 보태어.

"말도 마. 에구에구 아미 죽네."

정신없이 자고 일어나 시계를 보니 아직도 오전 아홉 시, 모두 샤워실로 몰려가 푸카푸카 세수를 했다. 삼족오들끼리 뭔가 서로 눈짓을 주고받더니 으슥한 데로 담배 피우러 나가는 간자를 따라 나갔다. 호영이랑 나도 썩 내키진 않았지만 쫄레쫄레 그들을 따라 나갔다.

"난 쌈룡이 자못 흥미로워."

고터가 학원 앞 벤치에 나른하게 앉아 두 팔을 좌우로 죽 벌려 벤치 등받이 위에 턱 걸치더니 무슨 두령처럼 한마디 한다.

"뭔가 분명 있는 거 같아."

"뭐가? 뭐가? 뭐가 있는 거 같은데?"

간자가 담배를 황급히 끄고 다다다 고터에게 달려온다. 똘마니 간자에게 막 두령 고터가 답하려는 찰나 호영이가 말했다.

"맞아, 뭔가 있어. 난 진짜 여기가 좀 좋은 데 같아. 무반죽

빵 아까 먹어 봤지? 보통 솜씨가 아니야. 밀 품종도 아주 좋았어. 처음 먹어 봐, 그런 밀 맛."

"어이구, 먹보야. 나님이 짐 말씀하고 있잖아."

고터가 호영일 팍 째려봤다.

"난 단순한 먹보가 아냐. 타고난 미식가라고 하지."

"아니, 넌 그냥 과식가야."

"늬들 우리 미식인들을 무시하지 마. 당장 두 끼만 굶어 보라지. 핑핑 돌아 담배 한 대도 못 빨아 댈 주제에."

바게트가 웬일로 호영이 편을 든다. 처음 보는 광경이다.

"아, 시끄러. 넌 그냥 탐식가고."

"그러는 넌?"

"그러는 넌?"

"뭐야? 이것들이!"

"치, 해골뼈다귀 꼴초 주제에."

호영과 바게트는 어느새 쿵짝쿵짝 죽이 잘 맞는다. 고터랑 간자 눈치도 이젠 별로 안 본다.

"그나저나 넌 어디로 이사 간 거야?"

바게트가 불쑥 내게 물었다. 그러면서 질경질경 씹고 있던 오다리 반쪽을 쓱 내게 내민다. 뭔가 친해졌단 표시인 것 같은데 오징어 비린내에 토가 쏠린다.

"응, 저기, 저쪽 산 넘어 백내 쪽. 저 그리고 내가 지금 배가 너무 불러서. 정말 미안해."

미안해, 바게트, 할 수 없이 하얀 거짓말을 했다. 내 소심한 걱정과 달리 프랑스 빵은 역시 프렌치답게 개쿨했다.

"응, 됐어. 버려. 먹기 싫어서 준 거야."

아직 진지충 물이 덜 빠진 나로선 헛웃음이 나왔지만 하나하나 보니 삼족오도 다 다르다.

"느이 엄마 대단하시더라."

오늘의 뜬금포는 고터였다.

"초능력자라 그러지 않았나? 가능하지, 초능력자면. 근데 뭐가 대단하셔? 막 공중부양하셔? 유체이탈하시고?"

간자가 끼어든다. 어쩐 일로 이것들이 오늘은 점쟁이 무당 타령은 안 하네.

"아니. 그날 이사하시던 날 못 봤어?"

"우리가 그걸 어케 봐?"

간자와 바게트.

"뭐라셨는데?"

바게트가 진지한 표정으로 묻는다.

"암튼 그 네거리 금은방 사장 있잖아."

"어, 그 욕쟁이?"

"어."

"뭐?"

"쪽도 못 쓰더라, 횡액 어쩌고 하니까 개하얗게 쫄아서는."

"아미 엄마, 아니 과탐 쌤한테?"

"어."

"와."

"씨발, 개멋있어, 아미 엄마."

고터는 아무래도 서서히 미쳐 가는 중인 거 같다. 아침에도 그랬다. 씨발씨발 하면서도 얌전히 따라와 지금까지 붙어 있는 걸 보면. 내일도 모레도 그렇다면 내가 진짜 좀 이제 다르게 봐줄 작정이다. 우리가 그렇게 설렁설렁 주절대는 동안 미끈한 차 한 대가 우리 앞으로 바짝 다가오더니 씽 하고 지나갔다. 운전이 개매너였다. 그래도 스쿨존인데, 여기가.

"난 사실 아침에 그거 좀 하고 나니까 기분 진짜 좋았어, 간만에."

"맞아. 어렸을 때로 돌아간 기분이 막 났어. 그땐 진짜 우리가 거침없었잖아."

"뭐, 파쿠르?"

"자연훈련법이랬나?"

아침에 날탄이 데려가 차도 주고 방석도 준 산꼭대기 빈터가 떠올랐다. 아무도 없이 우리만 있으니까 조용하고 새소리도 여럿 들렸고, 진짜 장소가 멋있었다. 지나가는 안개도 장밋빛 새벽구름도 손만 뻗으면 다 만질 수 있을 것 같았다. 처음 맛보는 씁쓸한 잎 차도 은근히 향기로웠고 동작들도 처음에는 따라하기 힘들었지만 차차 익숙해졌다. 물론 나뿐이었겠지만 날탄이 아주 잠깐 공중에 떠 있는 것도 분명 봤다. 난 꼭 저걸 배울 거다, 그때 다짐했다.

"진짜 그거 열심히 하면 하늘도 날 수 있나?"

"설마."

"암튼 기분 개좋았어."

"명상 비슷한 것도 했잖아. 넌 안 졸렸어?"

"아니, 진짜 맘이 편했어. 차 마셔서 그랬나?"

"우리 무슨 달밤에 영화 찍는 애들 같았어."

"맞아. 엄청 높은 데서 그렇게 떨어졌는데 어케 하나도 안 아프더라니까?"

돌연 아까 씽 하고 지나간 핵매너 없는 차가 다시 방향을 돌려 우리 쪽으로 순식간에 다가온다, 마치 뭔가 잊은 게 있다는 듯.

2

"와, 개간지!"

나는 봐도 잘 모르겠는데 모처럼 차 하나에 대동단결한 삼족오들이 차가 우리 앞에 바짝 가까워지자 진짜 난리난리 개난리를 친다. 내가 왜 저러냐고 턱으로 묻자 호영은 답한다.

"저거 무지 비싼 일제야."

"얼마나 하는데?"

"2, 3억 훌쩍?"

"와아. 진짜 건담 같다."

반쯤 넋이 나간 고터.

"역시 뭐니 뭐니 해도 차는 니뽄이거든."

침이 턱까지 흘러내리는 간자.

"왜 저러지, 저 사람?"

그때, 그 개간지에 개비싸다는 일본 차가 딱 우리 앞에 미끄러지듯 섰다. 그리고 몇 초 후, 모든 게 다 조금조금한 남자가 큰 차 안에서 쏙, 밖으로 빠져나왔다. 남자의 눈이 우리를 한 번 휙 둘러 훑었다. 그의 눈은 흡사 닭의 눈처럼 노랗고 똥그랗고 표정을 읽을 수 없이 냉랭했다. 아아, 난 세상에서 그런 단추 같은 눈이 젤 무섭다. 그래서 닭들도 가끔 되게 무섭다.

순간 나는 뒤로 두어 걸음 물러섰다. 아니, 밀려났다. 누군가 날 확, 뭔가로 밀어 내가 쭉 뒤로 밀려나는 것 같았다. 비마가 날 위에서 찍어 누를 때와는 달랐다. 그땐 웃음이 마구 나오면서 땅속으로 신나게 빨려 들어갔지만 지금 이 힘은 아주 불쾌했다.

"여기 다니냐?"

"네?"

쉰 살은 되어 보이는 남자에게서 비릿한 쇳내가 났다. 항상 느끼는 거지만 피 냄새랑 동전 냄새는 참 비슷하다. 자잘하게 깨진 유리 조각들이 남자의 목구멍 여기저기 박혀 있는 듯했다. 사방으로 갈라진 음성이 귀를 아프게 쑤셔 댔다. 두 손으로 얼른 귀를 틀어막고 싶었지만 어른에 대한 예우상 꾹 참고 그냥 뒤를 돌아 잰걸음으로 쌈룡 쪽으로 향했다.

"어이, 학생!"

"저희 말이요?"

멍 때리고 있던 호영이랑 바게트가 화들짝 놀라 말이 꼬였다. 개코믹했다. 나도 순간 픽, 웃으며 뒤를 돌아봤다.

"넵, 저 말씀입니까?"

이어 고터가 싱글거리며 넙죽 답했다. 조금 전 엄마를 칭송하던 고터와는 완전 달라 보였다. 간자는 벌써 남자의 차 옆으로 바짝 다가가 서 있었다. 좋아서 깜박 죽기 일보 직전이다.

"아니, 저기 막 뒤돌아 재빨리 걸어가던 너. 학생, 거기 서 봐. 지금 내가 말하고 있잖아."

나는 이를 꽉 물고 천천히 온몸에 힘을 주었다. 속이 안 좋았다. 메스껍고 느글거렸다. 뭐라? '내가 말하고 있다니', '감히 내가 말하고 있는데 등을 보여?' 그렇게 들렸다. 뭐지? 당신이 뭔데 그런 말투로 날 이렇게 세워 두는 거지? 어른이면 그래도 되는 거냐?

"어이 그래, 너, 학생."

"네."

"저 학원 다니냐?"

"네. 그런데요?"

고터가 재밌다는 듯 싱글거리며 나 대신 답했다.

"저돈데요."

간자까지 끼어들었다. 남자는 둘은 본척만척 나만 뚫어지게 바라봤다. 내 옆으로 약간 기가 질린 듯한 호영과 바게트가 바짝 붙어 섰다.

"어때?"

"뭐가요?"

나는 목을 살짝 돌려 남자의 얼굴 약간 위쪽을 응시했다. 거기 시선을 고정하고 두 눈을 가늘게 떴다. 다른 감각들을 없애 버리고 그 남자의 머리 부분만 약간 비스듬히 바라봤다. 뭔가를 볼 때면 이제 저절로 그렇게 된다. 당신이 누군지 알고 싶다고 생각한 순간부터였다.

"저기 저 학원 어떠냐고?"

"…."

"이봐, 학생."

"…."

고터와 간자의 말소리가 번갈아 아득히 멀어지면서 뭔가가 하나하나 보이기 시작했다. 긴 시간 동안은 아니었다. 아주 짧게, 찢어진 그림처럼 조각조각 누덕누덕 그렇게 보였다.

남자의 주변은 암적색 컬러. 등 뒤로는 엄청나게 커다란 건물, 또 건물들. 그 뒤로 엄청나게 많은 아이들, 엄청나게 많은 강의실, 엄청나게 많은 강사들, 그리고 어랏? 무슨 지하로 통하는 계단들과 그 아래 금고, 또 금고, 비릿한 쇠 냄새, 금고 안에 또 금고같이 생긴 커다란 벽장? 뭐지, 저게? 지하로 통하는 출입구? 지하에 너른 교실 같은 것, 새까만 싱글 제복을 입은 아이들, 그들과 똑같은 옷에 넥타이에 양복에 치마 정장에 최대한 잘 빼입은 남자 여자 어른들의 행렬, 그리고 모두 남자를 바라보며 손뼉치고 노래하고 손 모아 조아리고, 마치 군대나 교회와도 같은? 저게 다 뭐지?

"애들아, 뭐해?"

"다들 들어와!"

날탄과 엄마가 학원 출입구 중앙 문을 반쯤 열고 우리를 큰 소리로 불러 모은다.

"아우 뭐야, 쪽팔려. 학원 선생들이 왜 애들을 길에서 직접 불러 대, 동네 아줌마들처럼. 진짜 꼬졌어, 여기."

간자가 투덜거리는 동안 작은 남자가 날탄과 엄마 쪽으로 몸을 천천히 돌린다. 엄마와 날탄, 그리고 작은 남자는 서로 마주 보고 뭔가 짱짱하게 대치하는 형국이었다. 침묵을 먼저 깬 건 삼족오들이었다.

"그만 가자. 야, 정신 차려!"

고터가 제 손에 든 종이를 구겨 뭉쳐 휙 내 머리에 던진다. 날탄의 목소리와 함께 희미해지던 남자의 환영들은 완전히 시야에서 사라졌다. 어느새 현실의 조그만 남자도 건담 같은 차도 사라졌다. 나는 다시 좀 어지럽고 속이 메슥거렸다. 두 눈이 몇 초 동안 빠질 듯 아팠다. 나는 힘없이 자리에 주저앉았다.

"아미가 또 이상해!"

누군가 이렇게 외치자, 아이들이 깜짝 놀라 우우 달려와 나를 감싸며 부축해 일으켰다. 갑자기 눈물이 찌이익 하고 배어났다. 이상하게 자존심이 아주 많이 상했다.

방금 왜 내가 꼼짝달싹 못 했지? 누구보다 저 사람을 빙하처럼 꽝꽝 얼려 버리고 싶었는데 말이다.

3

"얘들아."

유디스가 하얀 보드에 학원이라고 크게 쓴다.

“뜻이 뭔지 말해 볼래?”

“인터넷 찾아보면 한자로 음, 교습소라고 나와요.”

“그렇지. 뭔가 가르치고 배우는 곳이지.”

“서당, 학교, 학원, 다 비슷한 거네요, 그럼?”

“자, 다시 찾아보자. 영어로 학원은 뭐라고 나와 있지?”

“아카데미?”

“그래, 아카데미, 많이들 들어 봤지?”

“네!”

며칠 보이지 않던 유디스는 그새 머리가 길게 자랐다. 옷도 싱글 정장에서 아이보리 도포 자락으로 깔 맞춤. 유디스의 두 팔과 다리는 더 길어지고 키까지 완전 더 자랐다. 이게 말이 돼? 대체 어디 가서 뭘 하고 오는 거지?

고산지대에서 오래 산 구르카들은 자유자재로 변신이 가능하다. 변신 후 구르카는 점점 더 신장과 팔다리가 자라나 변신 후의 포스를 감당하게끔 세심하게 조절된다.

어, 이게 뭐지? 어디서 읽은 게 생각이 난담? 아, 그만. 수업 들어야지.

“아카데미와 김나시온, 이것들이 오늘날 학교와 학원의 최초 모습이었다. 고대 그리스에서 시작됐지.”

“그리스라면 남자, 자유인, 아테네 사람만 학교를 다닌 거네요, 맞죠?”

"그렇지. 그땐 엘리트 중심의 시대였으니 어쩔 수 없었지. 사실 불과 백 년 전만 해도, 아니지 오십 년 전까지만 해도 온 세계에 신분이나 혈통 차별이 아주 심했지."

"지금도 안 보이게 많이 그래요."

"맞다. 그런 건 이제 뭐든 과감히 뜯어고치면 된다. 인간 몸이 계속 변했듯 인류가 지닌 생각들도 끝없이 성장하니까."

"오오."

과감히 뜯어고치면 된다는 유디스의 즉답이 통쾌했다. 학교에서는 저런 질문을 하면 항상 핀잔만 들었는데, 자꾸 나댄다고.

"아카데미는 본디 영웅의 숲, 영웅을 길러 내는 숲을 말했다. 신과 영웅이 이 세계를 이끌어 간다는 게 당시 그리스 동맹들의 세계관이었으니까."

"김나시온은 뭐예요?"

"김나시온은 기모스가 어원이다. 직역하면 웃통을 벗고 신체 단련을 한다는 뜻이야. 오늘 새벽에 너희가 한 훈련이 바로 그거였다. 기모스 아카데미를 한 거지, 새벽 숲에서 각자 영웅처럼 용감하게 자기 훈련을 한 거다."

"기모스 아카데미라."

"용감한 신체, 용감한 정신. 그런 건 학교에서 많이 들어봤지?"

"그죠."

하지만 항상 말로만이었지. 점수로 배우는 체육이었고. 공차느니 자습, 운동 잘하는 애들만 쓰는 잔디 구장. 핑계겠지만 이런저런 연유로 난 몸 쓰는 걸 아주 싫어하는 편이었다.

"플라톤의 아카데미가 당시 구백 년이나 계속된 건 아니? 플라톤은 노인이던 소크라테스를 20대에 거리에서, 아리스토텔레스는 중년의 플라톤을 17세에 아카데미에서 만났단다. 세 인물 모두 인류의 생각에 엄청난 영향을 끼쳤어. 붓다, 예수, 공자, 인류 4대 위인 중 나머지 한 분이 바로 소크라테스다. 뭐 이것도 많이 들어 봤지?"

"듣긴 했지만 우리랑 뭔 상관인가 했죠, 항상."

고터의 대답, 동감이다.

"인류 문명의 역사가 약 삼천 년이라 할 때 천 년 가까이 아카데미아와 김나시온이 존속되었다는 건 참으로 놀라운 일이다. 아, 지금도 독일에선 대학 가는 아이들을 위한 인문계 학교를 김나지움이라 부른다. 오늘날 유럽의 기숙학교도 모두 아카데미와 김나시온에서 시작되었지. 혹시 너희들 피타고라스는 들어 봤니?"

"넵! 피타고라스 공식, 에이 제곱, 삐 제곱, 씨 제곱 어쩌고요."

"그래 피타고라스. 그 철학자이자 수학자도 플라톤과 비슷한 아카데미를 만들어 평생 운영했단다. 놀라지 마라. 거기서 바로 오늘날 서양음악의 7음계, 도레미파솔라시와 피아노가 맨 처음 탄생했단다."

"정말요? 학원에서 음계랑 피아노가요?"

고터가 정색을 하고 자세를 고쳐 앉는다. 고터는 정말 음악을 좋아한다. 간자는 미술, 고터는 음악, 그래서 늘 엄마 아빠에게 두들겨 맞는다는 소리를 가끔 들었다. 신기해, 예체능이라면 엄마, 아니 라다 쌤은 사족을 못 썼는데. 없는 엄마들은 없어서 못 밀어주고, 있는 엄마들은 있어도 안 밀어주고.

"아카데미는 아테네에 있는 영웅들의 신 아카데모스의 신전에 플라톤이 세운 학교야. 그래서 이름이 아카데미가 된 거고. 여기선 선생을 가이더라 불렀고, 학생은 주로 청년들로 엘리트 교육이 이뤄졌었지. 규칙이 하도 엄해서 잠도 조금만 자게 하고 육식을 제한했으며 체력 단련을 강조했고, 영혼의 존재며 신의 존재를 강조했지. 주로 철학, 정치, 웅변을 가르쳤어. 말의 힘을 철저히 믿던 시대라 할까."

유디스는 잠시 말을 멈추고 우리가 잘 따라오고 있는지 하나하나 바라봤다.

"오늘날 학교들은 원래 아카데미와는 정말 다르지?"

"요즘 학교야 그냥 시험, 시험, 시험을 위한 학교죠."

고터의 냉소적인 답.

"그러니까 학원도 모두 같은 목표를 향하고 있지."

"시험!"

우린 일제히 소리 맞춰 큰소리로 답했다. 간만에 우리도 아주 단순명쾌한 답을 할 수 있었다.

"그렇지만 그런 시험들이 나라에 꼭 필요한 사람을 길러 내기 위해서라면, 괜찮은 거죠? 학원도 마찬가지고."

"문제는 그거다. 지금 호영이 말한 대로 나라에 꼭 필요한 사람들을 위한 시험이면 좋겠는데 그게 앞으로 계속 가능할지 모르겠다."

"왜요?"

"나라가 없어지면?"

"네?"

"나라가 없어지고 이 지구가 사라지면?"

"예?"

"지금의 시험 위주 학교랑 학원이 계속 필요할까?"

모두 아무 말도 하지 못했다. 이런저런 생각이 복잡하게 오갔다.

"애들아, 조만간 지금의 학교며 학원들이 대부분 사라지는 시절이 다가올 거다. 그건 지금의 문명을 완전히 뒤집어 놓을 커다란 신호탄이다. 질병, 재해, 파괴, 또 파괴가 줄을 이을 거고 그렇게 되면 일단 모든 게 한동안 개인 중심으로 돌아가는 듯 보일 거다. 어떡하든 살아남는 게 우선일 테니까. 완전 조각조각 찢어지고 갈라진 세계, 파편화된 세계라 할까. 그러다 곧 살아남은 개인들이 마치 거미줄처럼 하나하나 동등하게 이어지는 새로운 시대가 올 거다. 완전한 그물망의 세계, 지금 같은 소수 지배의 피라미드 세계가 아니라 방사형 네트워크, 인터넷 세상도 바로 그런 거미줄 세상을 상징하는 거고. 그게 원래 인간 조직의 가장 효율적인 구조란다. 그걸 무시하고 피라미드를 엉뚱하게 해석한 건 인류의 큰 실수였다. 피라미드의 꼭대기엔 결코 어쭙잖게 스스로를 왕이라 부르는 인간이 서 있으면 안 되는 거였지."

이때를 놓칠세라.

"피라미드 조직요? 다단계 같은 거?"

"아, 그런 거 아니고. 이집트 왕들의 무덤, 피라미드 몰라?"

호영이 그렇죠, 하는 표정으로 유디스를 본다. 그러자 유디스가 빙긋 웃더니 이내 철컥철컥 소리를 내며 빛을 뿜는 작은 기계를 통해 오래된 사진들을 한 장 한 장 보여 주기 시작한다.

"환등기잖아!"

간자가 외쳤다.

"개고물!"

방금 건담을 보고 온 후라 더 그렇게 느끼겠지.

"노노, 모르나 본데 장기 기억엔 정지 화면이 훨씬 더 도움

된단다. 자. 이제 여기를 잘 봐라. 저기 첨성대, 여기 고인돌, 거대 석상, 피라미드. 모두 별들의 움직임과 밀접한 관계가 있었단다. 저 유럽 고딕풍의 성당, 뾰족탑, 석탑, 고층 빌딩, 모두 그래서다. 하늘을, 별을 더 가까이하려는 소망, 그건 어쩜 우리 모두 저 영원의 천상, 별들의 고향으로 한 발 더, 조금이라도 더 가고자 하는 갈망과 그리움 때문이 아니었을까?"

"실제로도 뭔가 쓸모가 있었나요?"

"그럼, 당연하지. 홍수, 가뭄, 천문 기상, 각종 예보와 경고."

피라미드도, 교회 첨탑들도 세계의 지붕, 설산 꼭대기도 모두 세모뿔, 끝은 뾰족뾰족하다. 죄다 비슷한 구조인 거다. 그렇다면, 혹시?

"그럼 피라미드에도 한때 날개가 달렸을까?"

누가 들으면 비웃을 혼잣말이었다. 그런데 유디스는 어떻게 들었는지 진지한 얼굴로 답해 준다.

"맞다. 그렇지 않고는 절대 세워질 수 없는 수수께끼의 구조다. 한때는 저 거대한 돌들도 날 수 있었고, 다 만들어진 피라미드 또한 날아다니고 그랬었지."

"그런데 또 신들의 노여움을 산 거로군요. 인간이 그걸 잘못 사용해서."

"그렇다고 볼 수 있겠지."

"천기누설?"

"맞다, 천기누설!"

"우-와, 진짜요?"

간자가 그런 건 듣기 싫다는 듯 고개를 마구 도리질했다. 호영은 도로 벙찐, 표정이었다. 그 가운데 고터만 홀로 두 눈을 빛내고 있었다. 나는 유디스의 강의가 너무도 재미있었다. 더 많이, 더더 많이, 더더더 많이 알고 싶었다. 알게 되면 볼 수도 있을 테니까. 그리고 혹시 보게 되면 날 수도 있지 않을까? 저 산처럼, 저 피라미드처럼? 나 역시, 훨훨, 언제까지나 자유롭게?

8장

고통받는 살과 먼지들

1

쌈룡의 점심은 대개 분식나라였다. 스쿨푸드는 역시 분식이지. 짜장, 카레, 고추장 떡볶이, 간장 떡볶이, 김밥, 오만 가지 튀김이 산더미만큼 쌓여 있었다. 동네 애들 다 몰려와 먹어도 될 정도! 그렇게 포식하고 나면 오후 강의 땐 모두 엎어져 잘 게 뻔했다. 그래서 점심시간엔 옥상에 올라가 뾰족지붕을 타고 초딩들처럼 신나게 노는 게 일과가 되었다. 비마가 첨탑마다 굵고 가는 밧줄들을 무수히 매달아 누구든 쉬 오르내리게 해 두었던 것이다. 일종의 청소년용 정글짐인 셈인데 진짜 캐재밌었다.

때로 첨탑 꼭대기에 밧줄을 의지해 서면 은내천 일대가 다 보였다. 아슬아슬 경사진 지붕을 딛고 서서 보는 구름과 노을과 바람의 터치는 환상이었다. 첨탑에서 주르륵 내려와 닿는 낙하지점에는 붉은 모래가 또 풍성했다. 무슨 모래가 붉은 석류알 빻아 놓은 듯했다.

애들은 강의실로 다 내려가고 나는 끝까지 남았다. 문득 비마가 보고 싶었다. 요즘 통 둘이 만나 노닥거릴 새가 없었다. 붉은 모래에 퍼져 누워 사지를 버둥대며 비마를 생각하고 있으니 역시 비마가 바로 나타났다, 뭐라뭐라 혼자 중얼거리며.

"나미비아, 나미비아, 모래는 나미비아!"

"비마, 비마!"

"와이?"

"나미비아 나미비아?"

"응, 아프리카 나라 이름이잖아. 거기 모래언덕이 아주 장관이지."

"아, 맞다. 나미비아!"

"핏빛 모래야, 핏빛 모래!"

"음, 여기 쌤들은 죄다 피를 좋아하나 봐요?"

"음, 그런가? 피는 생명이니까. 아무래도 멋진 거지."

"나미비아 나미비아, 재밌네요, 무슨 주문 같고, 좋아요."

"아무것도 없다, 아무것도 없다, 그런 뜻이야."

"정말요?"

"그렇단다, 흐흐흐."

나미비아, 아무것도 없다. 나미비아 모래, 아무것도 없다. 근데 가만있자. 오늘따라 비마가 좀 달라 보인다. 처음 보는 낯빛이다.

"어, 비마, 왜 그래요?"

"뭐가."

"개우울해 보여요."

그러고 보니 유디스와 반대로 비마는 그새 몸도 좀 줄어들었다.

"후유. 맞아, 나 개우울."

"무슨 일 있어요? 덩치도 키도 그새 아주 작아졌어요. 혹시 다이어뚱해요?"

"뭔 말이야?"

"모든 다이어트의 끝은 다시 뚱뚱해진다는 진리예요. 그니까 그딴 거 하지 마세요."

"아니, 그거 안 해도 난 이제 점점 더 짜부라질 거야. 기대해도 좋아, 아미. 비마 어흑."

"예? 왜요?"

"내가 포스를 너한테 왕창 나눠 줬잖아. 유디스는 다 큰 구르카라 산에 자주 가서 포스 빵빵 채우고 오는데, 난 아미 카르마 때문에 여기서 일만 해야 해. 그러니까 자꾸 작아지지.

그러니까 비마는 우울하지. 개우울, 비마 개우울."

"진짜요? 미안해요, 저 때문에!"

"흑."

"비마."

비마가 돌연 컹컹 울기 시작했다.

"미안해요, 비마. 울지 마세요."

"아냐. 사실은."

"예?"

"사실 그건 아무래도 상관없어. 그냥."

"그냥?"

"나 산에 가고 싶어. 마을에 가고 싶어. 집에 가고 싶어."

"뭐라고요?"

"설산이 너무 그리워. 거기 양이랑 벌꿀이랑 애들이랑 동네 사람들, 어른들도 스승님도."

"비마가 지금 몇 살인데요?"

"난 아직 거기 나이로는 무지 아가지. 겨우 오백 살인데 뭐. 스승님은 오만 살이나 되셨어. 유디스는 오천 살."

"비마, 나 지금 꿈꾸는 거 아니죠?"

꿈은 분명 아니었다.

"야! 뭐해!"

고터가 로비에서 날 큰 소리로 불렀다.

“왜?”

“이거 들고 4층으로 얼른 올라가 있으래, 라다 쌤이. 나 혼자는 넘 많아.”

“알았어! 비마, 이따 봐요. 저랑 나중에 얘기 좀 더 해요, 네?”

하지만 그때 비마는 내 기억을 순삭했는지 언젠가 정수리에 도토리랑 잣을 우수수 맞은 것처럼 아무 생각도 나지 않았다. 지금에야 다 또렷이 기억나서 이렇게 쓰고 있는 것이다.

“어이.”

천체 모형들을 두 팔에 잔뜩 들고 올라가는데 고터가 내 뒤로 바짝 붙어 머리로 툭 등을 친다.

“왜?”

“너 혹시 3층 들어가 봤어?”

“아니, 왜?”

“여긴 다 개자유잖아. 근데 왜 3층은 못 가게 하지?”

듣고 보니 그렇다. 아직 내부 공사 중인 줄 알았다. 하지만 쌈룡의 특징은 초스피드 공정 아닌가.

“그러네.”

“궁금하지, 너도?”

“응, 개궁금. 근데 참, 5층도 원래 다 못 들어가잖아, 강사 숙소니까.”

“거야 이해하지, 밖에서 쌤들이 아예 안 보이는 것도 아니고."

"하긴."

"너희 아빠 책장도 다 보여. 5층 복도 한가운데, 떡하니 있잖아. 쌤들 여기저기 돌아다니는 것들도 다 보이고."

"근데, 진짜 왜 3층은 못 들어가게 할까?"

"물어봐 줘, 라다 쌤한테."

"응."

"아, 나도 해먹에서 잠이나 잘걸, 개졸려."

"맞아, 나도 오후 강의 개졸릴까 봐 모래에서 좀 뒹굴었어."

"야, 근데 너 애 좀 봐."

"엉?"

"아까부터 재가 계속 졸졸 따라오는데? 안 보이냐?"

"어?"

"내가 좀 아는 애 같기도 하고."

엄청 조그맣고 귀여운 강아지였다. 하얀 몰티즈 품종 같았다. 그런데 으악, 귀 한쪽이 절반부터 없다. 날카로운 것으로 싹둑 잘려 나갔다. 아, 맴찢! 몸을 구부려 안아 주려 하는데 안기지 않는다. 몸이 없는 아이, 역시 환영이었다. 있지만 있는 게 아닌, 존재하지만 보이지 않는, 이젠 점점 더 익숙해지는.

2

"난 영가를 봐요, 수시로. 그게 너무 힘들어."

지난 넉 달, 우리 옥상 인도 별점집에 엄마를 찾아온 별의 별 사람들 중 꽤 여러 명이 그런 말을 했었다. 환영을 본다는 것, 내가 지금 말하는 바로 그런 이야기. 그럼 그들도 죄다 초감각자?

"그게 왜 힘들어요?"

"무섭지, 아무래도."

"뭐가요?"

"죽은 사람들이잖아."

"영가가 왜 자신에게 자꾸 보일지부터 먼저 생각해 보세요, 찬찬히. 보이는 이유가 있을 거예요. 그건 본인이 가장 잘 알 테고요."

그런 말을 들을 때 사람들 표정이 대개 어두워졌다. 흑흑 울기도 했고 상담료를 던지듯 하고 팽 토라져 돌아가는 사람들도 있었다. 내겐 왜 이런 일이 생겼지? 엄마 유전? 나는 죽은 영보다 생령을 더 보는 것 같은데, 아까 그 작고 으스스한 남자의 경우도 분명 영가를 보는 것과는 달랐어. 죽은 혼을 보는 건 오늘이 첨인 듯한데, 그게 무려 내겐 강아지들이라니!
그때 고터가 작은 소리로 다가와 내 귀에 대고 속삭거린다.

"귀엽다, 그치?"

그제야 나는 고터의 존재, 아니 상태를 새삼 알아차리고 소스라쳤다. 너무 놀라 바닥에 주저앉을 뻔했다.

"뭐야! 너도 보여?"

"어."

"진짜?"

"응."

"언제부터?"

"사실 그날, 너 길바닥에 널브러졌을 때부터."

"그럼 혹시?"

"뭐?"

"너도 눈 감으면 자꾸 뭔가 보여?"

"응!"

"너, 괜찮아?"

"괜찮아."

"다른 애들은 아직 모르지?"

"그럼. 비마가 집에 왔었어, 실은 며칠 전에. 쌈룡학원에 꼭 와야 한다고, 내가."

"그렇구나."

"하지만."

"하지만?"

"난 아직 반반이야. 사실 동춘도 멋있고 쌈룡도 좋아."

"난 동춘 싫어, 개싫어."

내가 그렇게 소리치자마자 다시 두 번째 강아지 출현, 이번엔 다리를 절룩거리는 아이다. 아, 왜 이러지?

"아, 모르겠다. 그날 내가 왜 널 하필 점쟁이라 불러서 이 모든 일에 휘말렸는지."

"너였어? 간자 아니고?"

"나였어. 미안해."

"이제 어쩔 거야?"

"비마는 아무에게도 말하지 말랬는데, 그러니까 너랑 나 둘만의 비밀이지, 일단은."

"너, 혹시 사람들 정수리에서 별까지 이어져 있다는 그거."

"혼줄?"

"응."

"보여."

"너도 진짜 보여?"

"응, 근데 저절로는 아직. 아침에 눈 뜨고 엄마가 갑자기 확 들어왔을 때나, 그러니까 깜짝 놀랄 때, 뭔가 충격을 겪을 때지, 그러니까."

"오라는, 오라도 봤어?"

"오라가 뭐야?"

"엄마가 그러는데 오라는."

그때 엄마, 아니 라다가 우리에게 쓱 다가왔다. 아니 그냥 나타났다는 게 맞다. 원래 기척이 되게 안 나는 사람이었지만 요즘은 더 그랬다.

구르카의 특징, 순간이동을 한다. 아무에게도 들키지 않게 출몰할 수 있다.

이건 또 어디서 읽은 기억이람? 엄마도 그럼 구르카야? 아니 전생이 그랬던 건가?

"아, 깜딱이야."

고터가 엄마를 보자 한발 늦게 꽥 하고 소리를 질렀다.

"야, 지금 얼른 우리 엄마 좀 봐 봐, 보여?"

"뭐가?"

"엄마 혼줄이나 오라."

"아니. 근데 오라가 뭐야?"

엄마는 다시 우리한테서 좀 떨어지더니 큰 소리로 건물 전체에 다 들리라는 듯 외쳤다.

"얘들아, 4층으로 가 있어라."

"아, 거기 아직 개추울 텐데. 보일러 안 틀었지?"

나는 추위를 좀 많이 타는 편이다. 그러자마자, 악! 또 한 마리, 이번에는 아, 너무 심했다. 살갗이 여기저기 벗겨지고 탔다. 불에 그을리다 도망 나온 식용견인가 보다.

"아, 이게 뭐야, 개불쌍해!"

그러자 또 한 아이, 내 주위로 끝도 없이 개들이 몰려들고 있었다.

너는 숨 쉴 때마다 개소리를 하니? 언젠가 엄마가 날 붙들고 잔소리를 한참 했었다. 어쩌라고? 학교 다니면 저절로 입에 배는 게 그 단어야. 쎈 척하는 덴 필수란 말이야. 또 하나 있지만 내 입이 더러워질까 차마 안 하겠다. 대부분 아이들이 ㅈ 초성의 그 단어를 쓰는 대신 나는 개를 정말 많이 썼다. 그럼 내가 그동안 '개' 자를 말할 때마다 쟤들이 저렇게 나타나 몰래 내 옆에 붙어 있었던 건가? 그 생각을 하자마자 또 엄청난 수의 아프고 잘리고 찢어진 개들이 마구 몰려들었다.

"엄마, 이게 뭐야? 아, 나, 어떻게 해?"

저만치 미식 남매와 간자가 3층 나선형 계단을 따라 쭉 이쪽으로 올라오고 있는 게 보였다. 그들은 아무것도 모른 채 양지바른 표정으로 룰루랄라 우리 쪽으로 다가왔다. 우리 세 사람만 계단과 복도 가득한 유기견, 피학견, 피살견 들의 어마무시한 환영을 본다. 나머지 아이들이 보기엔 우리 셋이 무슨 심각한 대화를 하는 줄 알겠지. 나는 가슴이 미어질 듯 아프고 온몸이 막 저릿저릿한데.

"애들아, 먼저 들어가 있으렴."

아이들은 우리 셋을 이상한 눈초리로 힐끗 보다가 4층 복도 쪽으로 멀어졌다. 엄마는 나랑 고터더러 따라오라고 손짓하고는 1층 로비에서 2층 계단으로 이어져 3층 계단참에서 다시 4층까지, 낑낑대며 몰려드는 아픈 아이들을 전부 모아 옥상 한 켠으로 데려갔다. 옥상은 그야말로 온통 개 판이었다. 엄마는 차례로 그 아이들을 앉히거나 토닥이거나 눕혔다. 우린 그게 안 되고 엄마만 그렇게 할 수 있었다.

추운 날씨였다. 옥상엔 항상 찬바람이 불었다. 그런데도 엄마는 순식간에 전신이 땀범벅이 되었다. 아이들을 쉴 새 없이 안고 쓸고 귀에 대고 뭐라 하고 다친 데를 호호 불어 주었다. 그걸 보고 있자니 엄마도 아이들도 너무 가여웠다.

평소 학교에선 애들이 아무리 놀려도 잘 울지 않기로 유명한 나였다. 그런데 그만 눈물샘이 펑 터져 버렸다. 목덜미에서 겨드랑이까지 삽시간에 축축해졌다. 냉혈한 고터 역시 나와 비슷했다. 이를 꾹 물고 미동도 않더니 녀석 어깨가 자꾸만 오르내렸다. 그래, 저놈 심장도 보들보들한 데가 있던 거였어. 그러는 사이 엄마의 생각이 음파처럼 내게 전해졌다, 소리의 파도, 뚜렷한 의미의 진동으로.

구르카들은 필요할 때 음파로 소통을 할 수 있다. 그들에게는 빛을 전파로, 전파를 진동으로, 진동을 의미 있는 소리, 즉 언어로 변환하는 힘이 있다.

고터에게도 엄마의 마음속 말들이 전해졌을까. 녀석의 들썩이는 어깨가 서서히 잦아들고 있었다.

3

“얘들아, 너희는 이 사태가 어이없겠지만, 사람의 말 한 음절 한 음절에는 엄청난 힘이 들어 있어. 뭔가를 끌어당기는 아주아주 강력한 힘. 그래서 주문이란 말도 있고 저주란 말도 있는 거란다. 너희 말버릇 고치려고 설정한 상황 같은 거 아니니까 반발하지 말고 잘 들어. 그러니까 인간들은 말 하나하나가 입 밖으로 진짜 잘 나와야 하는 거란다. 얘들은 보다시피 다 비참하게 죽은 가여운 아이들이야. 너한테 그동안 계속 붙어 있었던 거, 오늘 드디어 모습을 드러낸 거, 다 아미네가 자기들을 부른 줄 알고 그런 것뿐이야. 영가들은 대개 불쌍한 존재지 무서워할 존재가 아냐. 이런 경운 더 불쌍해. 불쌍해도 너무 불쌍해. 지금도 자길 그렇게 만든 사람들을 제 주인인 줄 알고 있어. 자기들을 끔찍하게 죽이고 찢어발기고 아무렇지 않게 팽개친 사람들 오라에 딱 달라붙어 있어. 근데 정작 제 주인들은 자신들을 별로 안 부르거든.”

“어른들도 개-란 소리 덥다 많이 하잖아. 엄마도, 비마도!”

내가 눈물을 훔치는 와중에도 얼른 따져 물었다.

"열일곱 살 이전의 너희들은 어른들이랑 음색이나 어조가 완전히 달라. 아직 변성기 와중이잖아. 개들은 보고 듣지 못해도 느낌으로 딱 알아. 음파, 진동으로 아는 거야. 누군가 자신들을 부르는 음색이 자기를 그렇게 만든 주인들보다 훨씬 다정하고 부드럽단걸."

"불공평해. 나쁜 인간들한테 딱 달라붙어 괴롭혀야지, 끝까지."

"다행인 거지. 거기서 풀려나서. 너한테라도 잠깐 머물다 떠날 수 있으니까."

"정말이야?"

엄마가 잠시 허리를 펴면서 이번엔 직접 목소리를 내었다. 나도 다시 큰 목소리로 말했다, 누가 듣건 말건. 접혔던 마음이 좀 펴지는 것 같았기 때문이었다.

"정말 그런 거지, 진짜지?"

후유, 그제야 좀 숨이 쉬어졌다.

"나쁜 주인한테 계속 미련을 가지고 맴돌면 개의 혼령에게 더 안 좋아."

"왜?"

"그 애들이 주인을 못 떠나는 건 사실."

"사실?"

"복수하려고 그러는 거예요?"

고터 눈이 퉁퉁 부어 있었다.

"아니, 대개는 가여워서야. 일종의 미련이지. 자기들에게 그런 짓을 한 주인들이 어떻게 되는지 죽은 개들은 누구보다 잘 알거든. 자길 그렇게 대했는데도 자기 주인들이 가여워서 붙어 있는 경우가 많아. 물론 언제나 예외가 있지. 복수심으로 주인 오라에 딱 달라붙어 있는 경우, 그런 애들은 아무리 자기 주인 주변에서 부드러운 음성들이 개, 강아지, 강지, 퍼피, 멍멍아라고 불러도 절대 주인에게서 안 떨어져. 자길 해친 자들이 자기처럼 똑같이 당하게 만들기도 하지. 증오의 에너지가 수년 동안 딴딴하게 뭉쳐지면 그거 진짜 아무도 못 말려. 특히 자기 새끼들을 해친 주인에게 딱 붙어 있는 엄마 개들은 복수의 스케일이 정말 다르지."

엄마는 그제야 할 말을 다했다는 듯 일어나 허공에 커다란 동그라미를 그린다. 일전에 흐린 밤하늘에 대고 막대 향으로 오리아어 글자를 썼을 때처럼.

엄마가 그린 커다란 빛의 원 안에는 영상이 한창 돌아가는 중이다. 영상 속엔 개들이 좋아할 이미지로 가득했다. 장난감 뼈다귀, 폭신한 색색 쿠션, 광활한 숲과 들판, 호젓한 산책길, 고소한 사료와 간식, 아픈 강아지들을 위한 갖가지 죽과 수프. 그 근처엔 강아지라면 사족을 못 쓰는 어린 아기들의 영가들, 자신들을 보살펴 줄 건장한 동료견들의 혼까지 마치

빛으로 된 굴렁쇠 같은 허공 속의 영상 속으로 뜯기고 다치고 베인 강아지들이 펄쩍펄쩍 신나서 점프해 들어간다. 폴짝폴짝, 깡충깡충, 폴짝폴짝, 깡충깡충.

"이제 진짜 개 자 안 쓸게."

"아니 그럴 필욘 없어, 다만 중요한 법칙 하날 알려 준 것뿐이야."

"그럼 계속해도 돼?"

"자신 있으면."

"무슨 자신?"

"이제 넌 문을 하나 연 거야. 앞으론 죽은 고양이, 죽은 토끼, 죽은 아기 들까지 다 너한테 오고 싶어 할걸. 하지만 네 오라는 아직 짧고 작고 얼룩덜룩해. 걔들을 다 품을 준비가 안 됐는데 걔들이 너한테 너무 많이 찾아와서 의지하면 네가 좀 크기가 힘들지."

"키가?"

"아니, 네 힘이, 포스가."

"아항."

조금 전 비마 생각이 났다.

"알겠어."

"오라도 마찬가지."

"응?"

"오라가 무거우면 포스가 잘 못 큰다, 이거지."

"오라가 뭐예요?"

처음 보는 고터의 진지한 질문, 그리고 집중이다.

"동석이? 아우라는 들어 봤지?"

"네, 만화에 많이 나와요."

"그게 바로 우리들의 진짜 몸이야. 이렇게 보이고 만져지는 게 도리어 그림자 몸, 가짜 몸이지. 늙으면 죽어 사라지니까. 하지만 너희들의 진짜 몸, 오라는 여러 겹이라 아주아주 오래 살아남지."

"오라는 뭘로 만들어졌어요?"

"이런저런 포스가 모여 하나로 만들어진 거야. 감정이 풍부한 사람의 오라는 컬러풀하고, 정신이 발달한 사람의 오라는 선과 도형이 뚜렷하지. 오라는 라인 드로잉 바디, 눈에 보이지 않는 진짜 육체란다. 동양에선 기체(氣體), 영어로는 에너지 바디. 왜, 사람들이 저 사람 아우라가 있네, 대단하네, 하잖아. 사람들 주위엔 다 그런 테두리 같은 것이 있어. 물론 모습은 다 달라."

"그럼 이 아이들 모습도 모두 오라체인 거야?"

내가 물었다.

"그런 셈이지."

"오라가 없는 생명체는 세상에 없는 거야?"

"그럼. 카르마에 따라 다 모양이나 크기가 다르긴 해도 그게 없으면 생명은 한시도 존재할 수 없어."

"모두가 오라, 각자의 보호막이 있는 셈이네."

"그런 셈이지."

그때 고터가 저요, 하듯 갑자기 손을 든다.

"왜?"

"질문 있어요, 쌤."

"말해 봐."

"저 동그라미 속으로 가서 어디로 가는 거예요, 저 아이들은?"

"개들의 혼이 있는 곳에 편히 머물다 다음 생을 기다리겠지."

"라다 쌤이 지금까지 한 게 그럼 천도라는 건가요?"

"응."

"와!"

"됐니?"

"또요."

"응?"

"주인이건 누구건 버리고 학대하고 그런 사람들은 자기들한테 붙어 있던 원혼들이 떠나고 나면 가뿐한 거예요? 죄가 싹 다 사해진 건가요?"

"노노. 절대 그럴 리가."

고터의 얼굴이 별안간 핼쑥해졌다.

"설산 마을에선 이런 이야기가 전해진단다."

"스승님, 말 못 하는 짐승에게 함부로 대한 자들은 어떻게 됩니까?"

"자신이 저지른 그대로 돌려받는다. 죽는 즉시 카르마의 집행자들에게 끌려가 그 혼과 육신이 찢어 발겨진다."

"혼과 육신이라고요?"

"인간의 영혼은 대개 사흘간 자신의 육체를 떠나지 않고 남아 있다. 그러니 형벌을 받는 순간 고통의 강도는 상상을 초월하지. 뭇 생명의 목적은 우주의 먼지에서 태어나 우주의 주인으로 전진하는 것이거늘 그 몸을 이루던 먼지와 살들 또한 지독한 고통에 세세생생 몸부림치게 된다."

4

고터가 옥상 바닥에 퍼질러 앉아 흐느끼고 있다. 라다는 아이들이 기다리는 4층으로 먼저 내려갔다. 나는 옥상에서 잠시 고터랑 있다 가겠다고 라다 쌤에게 양해를 구했다. 엄마는 고터를 흘깃 보더니 선선히 그러라 했다. 녀석과는 멀찍이 떨어져 나도 한동안 멍하니 앉아 있었다. 짜식, 고소하다, 그랬다가 짜식, 불쌍하네, 이랬다가 그냥 자꾸 한숨만 나왔다. 귀 잘린 강아지, 다리 뭉개진 엄마 개 생각이 자꾸 떠올라 마음이 무거웠다. 그때였다.

"안녕?"

"어?"

"여기서 뭐해?"

"그냥 있어."

날 부른 이는 교복 입은 여고생이었다. 아직 쌈룡은 중등반만 있는 줄 알았는데? 고터는 이쪽은 보지도 않고 계속 울고 있었다. 뭐라 중얼거리기도 하고 푹푹 한숨을 쉬기도 했다. 할 수 없다. 저게 엄마가 말한 카르마라는 건가 보다.

"재는 왜 저렇게 우는 거야?"

"그러게. 뭔가 맘이 좀 무거운가 봐."

"그렇구나, 맘이 무겁겠구나. 그렇겠지. 응, 그러네."

"응?"

"자세히 보니 재한테 그런 게 생생하게 보여. 큰일이야."

"뭐가?"

"어린 게 카르마가 아주 많아."

"카르마가 뭔지 알아?"

"콩 심은 데 콩 나고 팥 심은 데 팥 나는 거 같은 거잖아."

"그럼 고터가 뭘 잘못 심은 거란 뜻?"

"생각, 말, 행동 모두가 다 먼 훗날 열매가 되는 씨앗. 근데 쟤는 나쁜 씨앗을 너무 많이 심었어."

"상처를 줬다는 거지?"

"그렇지."

"어떻게 그렇게 잘 알아?"

"너도 나처럼 되면 알게 돼."

고터가 마음을 좀 진정했는지 부스스 일어나 우리가 있는 쪽으로 다가왔다.

"뭐해? 수업 안 들어가?"

"가야지."

"근데, 누구세요?"

"안녕! 난 은주라고 해."

"3층에 계세요?"

고터의 눈물이 이젠 호기심 충만한 열기로 슬슬 말라붙고 있었다.

"응."

"와, 우리도 3층 구경 가도 돼요?"

"어, 그래도 돼요?"

"아니, 안 돼. 지금은 낮잠 시간이라."

"아하, 누나는 왜? 누나라고 해도 돼요?"

"아니, 그냥 이름 불러 줘. 그게 더 좋아."

"은주, 이렇게요?"

"응, 반말하자, 서로."

"네."

"응, 그러자."

은주는 활짝 웃었다. 되게 맑고 해사한 웃음이었다.

"넌 왜 낮잠 안 자?"

"자고 안 자고는 자윤데, 낮에 3층 들어가면 애들이 싫어해."

"그럼 진짜 심야 특별반 같은 거야? 밤낮 완전 거꾸로 사는?"

언젠가 간자가 그렇게 말한 기억이 났다. 3층은 뭐지? 우린 왜 못 들어가게 하지? 그래, 아마 저게 주 수입원인가 봐. 심야 특별반. 틀림없어. 강사들은 일타급인 거 같은데 애들이 없잖아. 대체 무슨 돈으로 학원을 돌리겠냐? 뻔하지.

"이거 재밌어?"

심야 특별반인지 아닌지 아직은 잘 모르는 여자 고등학생 은주는 뾰족지붕에 매달린 여러 가지 밧줄들을 가리켰다.

"응, 겁나게."

"그럼 나도 해 봐야지."

하지만 그리 높이 올라가지 않아 은주는 갑자기 멈춰 섰다.

그러곤 이내 울음을 터뜨렸다. 당황스러웠다.

"왜?"

"뭐지?"

갑자기 무슨 새나 벌레를 봤나 싶었다.

"무서워. 너무 후회돼."

"뭐가?"

"높은 데 올라간 거."

"그럼 내려와."

"거기서 풀쩍 뛰어내려도 돼. 모래밭이야, 아주 푹신해!"

내가 크게 소리쳤다.

"그래, 점프해 봐. 재밌어."

"안 돼!"

"왜?"

"난 저 모래밭이 싫어! 너무 빨개!"

"어?"

"너무 무서워, 너무!"

"우리가 올라가서 도와줄까?"

나와 고터가 슬슬 몸을 풀며 뾰족지붕까지 올라갈 준비를 하는 사이 은주는 올라가지도 내려오지도 못한 채 굵은 밧줄을 꼭 끌어안고 언제까지나 흐느끼고 있었다. 그때 어디선가 커다란 새 한 마리가 쏜살같이 은주에게 다가갔다.

새는 엄청나게 크고 눈처럼 하얀 날개에 진회색 점이 군데군데 찍혀 있었다. 정체불명의 우람한 새였다. 혹 알바트로스인가? 새는 크고 둔중한 날개로 은주를 굴리듯 제 등에 업더니 순식간에 3층 복도 쪽으로 들어가 사라졌다. 우린 새의 날갯짓이 일으키는 회오리바람에 휩쓸려 붉은 나미비아 모랫바닥에 그만 보기 좋게 나뒹굴고 말았다.

9장

태양의 파쿠르

1

고터는 강아지 영가들을 천도했던 그날 이후 많이 달라졌다. 산을 타면서 다친 새가 있으면 꼭 데려와 돌봐 줬고 길고양이들한테 음수대랑 먹이통도 자기 돈 들여 자기 손으로 하나씩 놔주기 시작했다. 학원 부근 고양이 쉼터 당번도 자청했다. 모피며 생가죽을 얻기 위해 살아 있는 동물의 가죽을 마구 벗기는 행위, 케이지 닭과 달걀의 문제, 돼지 사육 환경 등도 열심히 알아보고 스크랩하기 시작했다. 세상이 다 뒤집힐 일이었다.

"켕기냐?"

그러는 고터를 볼 때마다 간자는 아니꼬워 죽겠다는 듯 의

미심장한 한마디를 던졌다. 지난 시간, 고터의 이력을 잘 아니까 하는 말이겠지. 아무도 이젠 싸늘한 카리스마의 주인공, 은내중학교 서열 3위 고터의 눈치를 보지 않게 된 거 같다. 그러는 사이 동계특강 2주 차, 쌈룡의 0교시 아침 훈련이 무려 새벽 다섯 시로 당겨졌다.

"이제 모든 게 본격적인 시작이네."

날탄의 말이다. 파쿠르도 기초는 거의 마스터했단다. 으응? 뭘 했다고 그러지?

"꼭 기억해 둬. '무슨 일이 있어도 다치지 않는 법' 이것이 파쿠르의 기초란다."

날탄이 말했다.

일주일 전, 산에 오른 첫날, 우린 숲속 빈터에서 둥글게 모여 앉아 날탄이 나눠 주는 뜨거운 차를 마셨다. 이어 모포를 어깨에 덮고 방석에 앉은 다음, 눈을 감고 숨을 쉬면서 한 호흡 한 호흡 가급적 천천히 맘속으로 숫자를 셌다.

"평소에 좋아하는 단어가 있니? 그걸 하나씩 떠올려 봐. 그리고 그 단어 하나에 들숨 하나, 또 다른 단어에 날숨 둘, 하면서 계속 세 보는 거야."

내겐 익숙했지만 방법이 다르니 과정도 또 달랐다. 처음엔 숫자를 몽땅 잊어먹기도 했고, 날탄 했다 아빠 했다 엄마 했다 나중엔 요다를 할까 포를 할까 하며 간신히 버텼다. 한 오십 번쯤 들숨날숨을 세고 나니 점점 익숙해졌다. 마치고 아이들을 둘러보니 가관이었다. 코 골고 자는 호영, 휴대폰 꺼내 놀고 있는 간자, 의외로 허리를 꼿꼿이 펴고 엄청 진지한 표정으로 있던 고터. 이제 보니 고터가 왜 쌈룡에서 계속 진지했는지 짐작이 갔다. 고터, 그동안 혼자 많이 무서웠겠다.

첫 수업, 엄마한테 에구구 아미 죽네 하고 응석 떨었던 그날, 우린 모두 생애 처음 파쿠르를 만났다.

"자 이제부터 우리에게 아주 익숙한 기본 동작들을 꺼내 보자."

"꺼내자고요?"

"응, 우리 몸 안에 이미 다 들어 있으니까."

그러면서 날탄은 우리들 하나하나를 덥석 안고는 숲속 빈터 높은 나뭇가지마다 한 명씩 대롱대롱 매달리게 했다. 날탄의 팔에 안겨 붕, 위로 이동한 다음 정신을 차리고 아래를 보니 아찔했다. 가지 위치는 우리 키보다 훌쩍 높은 곳이었다. 어어! 순식간에 다들 사색이 되었다. 파들파들 온몸이 떨려왔다. 아래는 아예 다시 쳐다볼 수도 없었다. 까마득히 높다고까진 아니어도 어른 키의 네댓 배쯤?

"적당히 높은 곳이 너희들이 가장 무서움을 느끼는 지점이란다."

날탄의 말이 떨어지자마자 우린 모두 미친 듯 비명을 질러 댔다.

"살려 줘요, 날탄!"

"아아아, 팔이 끊어질 것 같아요."

"그만 내려 줘요, 제발."

"에구구, 나 죽네."

날탄은 껄껄 웃더니 재빨리 말했다.

"자, 중력을 실컷 느꼈으니 이젠 중력과 반대로 몸을 빙글 딱 한 번만 돌려 봐. 어렵지 않아."

날랜 간자가 젤 먼저 몸을 돌려 한쪽 다리를 두 팔로 쥔 가지 위에 버둥버둥 대다 간신히 걸치는 데 성공한다. 이어 나머지 한 다리도 마치 원숭이처럼 잽싸게 감아올렸다. 신묘하기 이를 데 없다.

"앗싸!"

그러자 나머지도 하나둘 온몸에 힘껏 반동을 주어 간자처럼 버둥대다 옆 가지에 하나둘 사지를 걸쳐 매달리는 데 성공했다. 다들 나무늘보가 된 것 같았다. 우어어, 짜릿한 전류가 온몸에 흐르는 것 같았다. 호영이 신기한 듯 날 바라봤다. 저 몸치 녀석이 제법인걸 하는 눈치였다.

"아기들이 걷기 전에 젤 먼저 하는 게 뭐지?"

"뒤집기."

"네발로 기기."

맞다. 높은 나뭇가지 위에 매달려 이리 뒤집고 저리 뒤집고, 계속 나무 위로 향하면, 절로 네발 기기가 된다. 우리는 어느새 가장 높은 나무 꼭대기 가지를 향해 쑥쑥 올라가고 있었다. 스스로가 대견했다. 호영을 슬쩍 보니 이젠 녀석 얼굴이 새하얗게 변했다. 애가 빈혈이 좀 있는지라 걱정이 되었다. 하지만 걱정도 잠시, 날탄은 우리가 있는 지점마다 삽시간에 굵은 밧줄을 연결해 버렸다. 야호! 우린 잠시 두려움을 잊고 밧줄 쪽으로 이동했다. 모두 나무와 나무 사이 밧줄에서 다시 만났다. 무슨 큰일이라도 해낸 듯 우쭐한 기분이었다. 심장이 쫄깃했던 게 언제였냐는 듯 다들 밧줄 위에서 반가워 어쩔 줄 몰랐다.

아기 때처럼 기어가기

펄쩍 뛰어서 넘기

데굴데굴 구르기

점프하기

계속 위로 올라가기

끈기 있게 매달리기

균형잡기

"기억해, 이 모든 건 이미 우리 안에 있는 아주 익숙한 움직임들이고, 이걸 자주 반복하다 보면 웬만한 상황에 절대 다치지 않아. 오늘 벌써 이 가운데 네 가지나 뚝딱 해 버렸잖아?"

그러면서 날탄은 갑자기 마구 밧줄을 흔들었다. 우린 사지를 버둥대며 죽어라 끈기 있게 매달렸고, 무엇보다 균형잡기에 안간힘을 썼다. 그러자 밧줄이 서서히 아래로 내려가기 시작했다. 우린 모두 겨울의 누런 풀 구덩이에 하나씩 뚝뚝 떨어지기 일보 직전이었다.

"한 팔씩만 떼고, 몸은 웅크려! 그다음 낙하!"

떨어질 때 둥글게 몸을 말라는 소리겠지. 어디 그게 쉽냔 말이다아아아! 하지만 의외로 몸을 둥글게 말라는 말에 몸이 먼저 반응했다. 한 팔씩 놓으며 그렇게 데구루루 구르며 떨어지니 한결 충격이 덜했다. 그리고 다시 부우웅, 쉴 새가 없었다. 이번엔 더 높은 나뭇가지에 대롱대롱 벌레집처럼 매달린 신세가 되었다. 그러자 다시 간자부터 두 다리 매달려 위로 계속 올라가기, 다시 끈기 있게 매달리기, 균형잡기, 점프하기, 데굴데굴 구르는 낙법…. 내 긴 머리는 완전 산발이 되었고 머리카락이 가닥가닥 입안에 꾸역꾸역 밀고 들어오는 게 참을 수 없이 고역이었다. 이제 이 머리카락들도 그만 자를까? 그런 마음이 불쑥 들었다. 어랏, 온몸을 미친 듯 움직이니 오랜 생각이 꿈틀, 따라 움직인다. 신선한 경험이었다,

내게 있어 그런 건 정말이지.

2

오늘의 해가 뜨나 보다. 점점 주위가 밝아지고 있었다. 한 시간쯤 벌써 산 둘레를 능선 따라 두세 바퀴는 돌고 난 후였다.

"뛰고 난 다음 바로 앉으면 더 피곤하단다."

우린 모두 숨을 헐떡이며 서서 팔다리를 휘휘 돌렸다.

"날탄, 근데 대체 이거 왜 하는 거예요?"

호영이 묻는다. 맞아, 나도 일주일 내내 그게 궁금했었지.

"세상이 어지러우면 항상 영웅이 필요한 법이지. 난세엔 영웅!"

"슈퍼맨도 아쿠아맨도 원더우먼도 다 그런 건가요?"

"그럼. 다 세계가 필요로 하는 영웅들이었지."

"진짜요?"

"하지만 이젠 그들도 한물갔어. 할리우드식 히어로들은 지금 인류의 위기에 전혀 도움이 안 돼. 영웅의 모습도 근육 짱짱맨에서 완전히 달라져야겠지. 신이 더 이상 구름 위에서 우릴 굽어보는 수염 난 할아버지가 아니듯 말이다. 이제 진짜 미래의 영웅은 너희들이다."

"에-에?"

"다시 이동."

우린 이윽고 처음 보는 뾰족한 바위산 꼭대기에 다다랐다.

"날타-안, 농담 마시고요. 진짜 영웅들은 어떻게 생겼어요? 유니폼도 입어요?"

"제멋대로 자유롭게 생겼지. 우리랑 똑같아. 특색이 없는 게 특색이다. 또."

"또?"

"아무하고도 치고받고 안 싸운다."

"네?"

"그럴 필요가 전혀 없거든."

호영의 눈에서 빛이 난다. 호영은 질문도 정말 많이 늘었고 훈련도 열심이다. 호영 엄마 영자 씨는 가끔 학원에 오고 싶어 했지만 아직 어른들은 출입 금지다. 호영이가 동춘의 저녁 단과를 그만둔다 그랬는데 영자 씨가 허락해 준 것도 놀랍다. 거긴 절대 수업료 환불이 안 되는 곳이다. 1박2일 줄서기에 몇 가지 테스트까지 뚫고 들어간, 엄청 비싼 코스인데 말이다. 영자 씨, 아마 쌈룡의 동계특강 일주일 만에 호영이가 5킬로나 감량한 사실에 감동했을지도 모르겠다. 호영이는 초고도비만에 각종 성인병으로 꽤 오래 고생했던 친구다.

"날탄, 나 이제 날탄쯤은 번쩍 들 수 있어요!"

"욘석이!"

날탄이 크게 웃으며 호영을 가볍게 한 손으로 번쩍 들었다가 빙빙 돌리며 흙바닥에 사뿐 내려 줬다. 깡마르고 자그만데 힘이 놀랍다. 실은 요즘 날탄을 볼 때마다 계속 내가 놀란다. 처음엔 분명 똥 머리에 시스루까지 입던 여자사람이었는데 점점 날탄이 여자가 아닐지도 모른단 생각이 들었다. 힘이 있어서, 파쿠르를 잘해서가 아니었다. 그냥 느낌이 그렇다는 거다. 남자고 여자고를 초월한 얼굴, 그게 바로 날탄이었다. 난 그게 또 너무나 좋았다. 호영이도 그런가 보았다.

"이제 내 차례예요!"

"해 봐."

"으으, 으으으, 아 너무해요, 날탄!"

날탄은 호영이 아무리 애를 써도 꿈쩍달싹하지 않았다. 날탄이 다시 으하하 웃으며 호영을 한 손으로 가볍게 들어 빙빙 돌리기 시작했다. 드디어 저만치 고터까지 모두 바위산 정상에 도착했다. 그제야 날탄은 호영을 바닥에 내려 주었다. 호영이 욱욱 멀미를 한다.

"와, 뭐지? 어지러운데 뭔가 되게 따스해졌어요."

"그렇지? 자, 다들 회전 시작! 바람개비 할 차례다."

우린 모두 두 팔을 죽 뻗고 시계 방향으로 15분, 반대 방향으로 다시 15분을 돌았다. 그러고 나면 웃옷을 벗고 싶어질 만큼 더워진다. 이게 바로 고산족들의 에너지 회로 강화법이랬던가?

"자, 대답해 봐. 파쿠르의 최고 모토, 너희들이 움직이는 동안 여러 번 말했지? 전달했던 거, 다 함께. 뭐라 그랬지?"

"유용해지기 위해 강해져라!"

"그리고 또?"

"천천히 서두르라."

"제일 주의해야 할 건?"

"부상!"

"그래서 지금부터 할 건?"

"스트레칭!"

"다시 강조하지만 우린 지난 일주일 내내 했듯 우리 안의 또 다른 몸짓들과 계속 만나야 해. 우리 몸의 가능성은 무궁무진하니까. 너희들, 혹시 야마카시라고 들어 봤니? 오래전에 영화로도 나왔어. 사실 야마카시는 세계에서 제일 유명한 파쿠르 팀 이름이야."

"아, 핵간지, 그쵸! 역시 스바라시이 니혼진 강바레, 강바레!"

난 언젠가 저 간자 녀석에게 임진왜란 때 우리가 섬멸한 왜구 영가들이 떼로 몰려가 달라붙는 꼴을 꼭 한 번 보고 싶다. 그도 아니면 가끔 녀석 입에 딱 몇 초라도 지퍼를 채워 버리고 싶다. 아, 지퍼, 지퍼, 간자 입에 지퍼! 제발!

"아니, 야마카시는 아프리카 대륙, 콩고 링갈라 지역 말이야. '강인한 사람'이란 뜻이지. 아프리카인들의 놀랍도록 빠르고 자연스러운 몸놀림에 감동한 어느 프랑스인이 자연훈련법이란 이름으로 서구사회에 이를 알렸고, 이어 파쿠르, 그 움직임을 그렇게 불렀지."

"파쿠르?"

"말뜻은 도道, 더 웨이way, 길이다. 영화 〈야마카시〉가 나오면서 야마카시, 파쿠르를 혼용해 쓰고 있어. 파쿠르와 야마카시, 둘을 합하면 그 뜻이 참 절묘하지. 세상에 쓸모 있는 강인함으로 나아가는 길. 결국 나와 남, 모두를 위해 기르는 힘, 이게 바로 진짜 영웅의 삶이란 거지."

날탄은 계속했다. 우린 네 번째 바람개비를 돌며 날탄의 말을 온몸으로 흡수 중이었다.

"사실 파쿠르는 불이 났을 때와 같은 재난 현장에서 어떻게 하면 더 빨리, 더 많이 사람들을 구할 수 있을까를 고민하던 소방관이자 군인이던 조르주 에베르가 고안해 낸 거야. 당연히 파쿠르는 경쟁이나 익스트림 스포츠가 결코 아니었어. 지금도 파쿠르를 세계에 뿌리내린 아홉 명의 구조 전문가들은 그런 경쟁적 태도를 반대하고 있지."

"아, 어지러워."

우린 일곱 번째의 바람개비를 마치고 턱턱 풀밭 위로 나가 떨어졌다. 날탄은 그런 우릴 보며 빙긋이 웃고 있었다. 세상 뿌듯한 표정이었다. 사랑, 우정, 영웅, 그리고 감동! 날탄은 그런 쉽고도 시시해 보이는 말들을 할 때 유난히 얼굴에서 빛이 났다. 저게 엄마가 말한 아우라란 건가. 샛노란 겨울 해가 서서히 떠오르기 시작했다.

"뜨거운 차 한 잔씩 마실까."

둥글게 앉아 새벽 해를 바라보며 묵묵히 차를 나눠 마셨다. 그러고 있자니 무슨 도사 메이킹 게임 속에 들어온 기분이다. 차를 마신 다음 일어나 날탄이 하는 대로 몸을 죽죽 늘이기 시작했다. 두 팔을 당기고 두 다리를 누르고 양 다리를 벌리고 앞뒤 팔다리로 지탱해서 강아지처럼 기지개, 고양이처럼 또 기지개!

"자, 그만! 이 단순한 스트레칭의 단계를 넘어가야 할 때다. 자 일어나."

"오늘부터는 또 뭘 하나요?"

"태양의 파쿠르를 시작한다, 드디어 오늘부터."

그때 갑자기 고터와 간자의 말싸움이 점점 크게 들려왔다.

"아주 구주 예수 나셨네. 너 완전 돌변의 아이콘이다, 응? 진짜 안 가? 동춘이 부른다는데 안 가? 똥개가 똥을 끊는다 그래라, 새꺄."

"그래서다, 새꺄, 내가 너 같은 놈들하고 하도 더러운 짓을 많이 해서 요즘 밤에 잠이 다 안 온다. 미치고 팔짝 뛰겠다, 새꺄!"

"그래 봤자 개털이 범털 되냐, 이 새꺄? 너 그동안 한 짓 갚으려면 열 번은 죽었다 다시 태어나도 모자랄걸? 넌 아이비엠이야. 아이비엠, 이미 버린 몸."

"으응? 개털 범털은 그런 게 아닐 텐데? 내가 좀 아는데."

호영이 구시렁거리자 날탄이 벌떡 일어섰다. 주변 공기가 싹 달라졌다. 무슨 장풍이라도 일으킨 것만 같았다.

"얘들아, 이리 와, 저기 좀 봐라."

날탄을 따라 붉은 소나무 숲 뒤편으로 가 보니 아, 동쪽 하늘에서 바야흐로 해가 떠오르고 있었다. 황금빛 바큇살처럼 밝고 찬란하고 아름다운 태양이었다. 모두 넋을 잃고 떠오르는 태양을 바라봤다. 막 떠오르는 태양은 정말 깨끗하고 싱그러운 빛이 나는구나. 막 떠오르는 해는 갓 세수한 아가 얼굴 같다던 시가 생각났다. 그때 갑자기 욱 하는 소리가 들렸다. 돌아보니 간자였다. 아아, 이젠 내가 아주 별일을 다하는구나. 그것도 시간 차로다가. 조금 전 나의 주문대로 간자의 입에 순식간에 지퍼가 채워졌다. 아아, 징그러워. 살빛의 지퍼라니.

'하나, 둘, 셋, 넷, 다섯!'

속으로 나는 숫자를 정확히, 꼼꼼히 최선을 다해 셌다. 그리고 간자의 입이 열리기를 간절히 바랐다. 정확히 10여 초 만에 간자의 입이 도로 열렸다. 다행이다.

"제길! 퉤퉤! 이게 뭐야! 아, 씨바, 여기 개이상해!"

간자는 한동안 펄쩍펄쩍 사방을 뛰어다니며 꽥꽥거렸다. 모두들 눈이 휘둥그레졌다. 날탄이 날 찌릿 노려보는 게 느껴졌다. 나는 얼른 날탄의 시선을 피해 주머니에 손을 찌르고 고개를 푹 숙였다.

"어, 이게 뭐지?"

3

앞으로 80여 년 후인 2100년, 스위스 알프스의 만년설이 모두 사라질 것이라는 스위스 빙하학자의 주장이 나왔다. 또 지난 5월 에베레스트산 힌두쿠시산맥과 히말라야산맥 일대의 빙하 5500개 중 대부분이 2100년 사라질 것이라는 국제통합산악개발센터(ICIMOD)의 발표가 나왔다.

에베레스트산의 경우 히말라야 지역 400㎢의 빙하를 추적해 온 결과, 해마다 결빙고도 즉 빙하 위치가 높아지고 있다. 고산 지역의 빙하가 녹으면 단기적으로는 눈사태, 홍수를 일으킬 수 있지만 장기적으로는 대가뭄으로 이어질 수 있다. 특히 히말라야는 갠지스강, 인더스강을 비롯해 네팔 · 중국 · 인도 · 파키스탄 등지에 걸쳐 있고, 인구만 10억 명이 넘어 빙하 감소에 따른 후폭풍이 엄청날 전망이다.

— 2015년 7월15일, 내외신 기사들 발췌 요약

오늘 아침 비마가 산에 가려는 내 주머니에 간식이라며 뭔가 종이 뭉치를 찔러줬는데, 거기에 넣어 준 쿠키는 진작 애들이랑 먹어 치웠고 구겨진 종이만 남은 거였다.

"아미!"

날탄이 뒤로 돌라는 손짓을 했다. 이따 비마를 좀 봐야겠다. 아니면 엄마한테라도 물어봐야지. 뭔가 심상치 않은 신호 같았다. 만년설이라고만 배웠던 저 먼 나라 설산들의 빙하가 그새 이리도 빨리 녹아내리고 있었다니.

우리 모두는 날탄의 손짓대로 태양을 등지고 섰다. 몸통이 붉은 소나무 숲 뒤편, 바위산 꼭대기 한 켠에 푸르게 펼쳐져 있는 양지바른 평지는 우리들 삼사십 명이 모여도 너끈한 곳이었다. 갓 돋아난 해가 최적의 각도로 완전히 높고 푸른 고원을 비추고 있었다. 금세 등이 뜨끈해졌다. 우린 겉옷을 하나씩 벗었고 이어 모두 저절로 맨발이 되었다.

갑자기 호영이 손을 살짝 들며 말했다.

"낙법 시간에, 족두리 바위에서 아래 풀밭으로 뛸 때 두 팔을 죽 좌우로 펴고 했잖아요."

"그렇지."

"우리가 한때는 새였다는 얘기죠?"

"기는 건 포유류 아기들 때부터였고, 뛰는 건 네 발로 제일 빨리 뛰는 맹수들."

"것보다 더 빨리 뛰는 건 걸음아 나 살려라, 맹수한테 쫓기는 초식동물들."

바게트도 질 새라 말한다.

"그렇지."

"팔짝팔짝 뛰는 건 곤충, 기어가면서 재빨리 움직이는 건 송충이, 구렁이, 지렁이."

"그래 맞다. 아프리카인들이 파쿠르를 탄생시켰다면, 이런 식으로 인간 안에 있는 모든 생명의 힘을 남김없이 표현하고자 한 게 바로 저 인도인들의 요가였어."

"아, 요가!"

"왜요? 그런 걸 왜 했어요, 인도 사람들은?"

"인도만이 아니야. 온 세계가 아주아주 옛날에는 그런 움직임들을 다 훈련했단다. 예를 들면…."

"구르카들!"

"그렇지, 구르카들처럼 높은 산 위에 사는 사람들도, 물 가까이 사는 수상족들도 다 이런 움직임으로 자연에 적응했지.

마오리족도 마사이족도 부시맨들도."

"왜요?"

"음…, 살려고?"

"네에? 사람이 동물 흉내를 내야 살아요?"

"들어 봐, 우리 인간에게는 벌레부터 사자까지의 삶이 죄다 들어 있단다. 학교에서 들어 봤니? 우리가 모두 별의 먼지나 돌에서부터 지구로 내려왔다는 걸? 요즘 천체물리학자들은 다 그렇게 말하지. 별의 원소들과 지구에 사는 모든 생명체의 원소들이 동일하다고. 분자, 원자, 원소, 소립자, 이런 건 들어 봤지? 그리고 그 별의 먼지들이 모여서 하나하나 한 걸음 한 걸음 진화라는 걸 했지. 각각의 생명들은 지구에서 살다 죽고, 살다 죽고, 또 죽어서 아주 잘게 부서지고 빻아져 다시 먼지가 되지. 그걸 우린 죽음, 혹은 소멸이라 하고."

그때 뭔가 주위가 허전해서 둘러보니 간자가 사라졌다. 열받아서 진짜 내려가 버린 모양이었다.

"먼지보다 더 작은 가루, 나노보다 작은 존재로 흩어져 있다가 돌연 뙇! 어떤 힘에 의해 뭉쳐진 가루가 바로 우리 각자 몸이란다. 뭉쳐진 가루들은 계속해서 힘을 받아야 생명을 유지하는데, 그 어떤 힘을 빛이라 할까? 존재하는 모든 생명체마다 그 빛의 통로며 입구가 다 조금씩 다르지."

"빛이요? 무슨 빛?"

"자, 생각해 봐, 당장 하늘에 태양이 없으면 어찌 되는지. 해, 달, 별 들이 우리에게 쏘아 보내 주는 에너지가 없으면?"

"다 죽죠, 우린."

"음, 바로 그거야. 태양에너지, 햇빛! 태양의 파쿠르는 태양에너지를 인간이 가장 잘 흡수하도록 만들어진 자연스러운 움직임과 집중과 멈춤, 그 두 단계로 이뤄져 있어."

"아."

"주로 머리 주위랑 심장 쪽으로 태양력을 받는 부류가 우리 인간이고, 허리부터 배 아래까지가 포유류, 골반 아래는 파충류와 어류, 날개 있는 짐승들은 두 어깨랑 날개뼈로 받아. 거기를 우리가 자연스럽게 움직여서 건들고, 또 집중해서 멈추고, 그러면 자고 있던 힘들이 하나하나 깨어나는 거야."

"오오, 완전 SF야!"

고터는 간자가 없어지니 한결 밝아졌다.

"그래서요?"

"하나하나 깨어난 힘들은 다시 거미줄처럼 얽혀 있게 돼. 그 낱낱의 힘을 한데 이끄는 힘이 있는데, 그 힘이 제일 강한 부위가 바로 머리 주변이지. 인류가 서서 다니면서 햇빛을 직방으로 정수리에 받게 된 건 아주 의미심장한 일이었어. 그렇게 머리 쪽에 일제히 모인 태양의 힘은 아래 에너지보다 훨씬 더 정제되고 발달한 힘인데, 이 힘이 잠자고 있던 모든 인류의 기억을 제대로 깨어나게 하면 우린 우리 안에 깃든 자연의 힘을 완전히 자유롭게 사용할 수가 있어.

"호오!"

"인간은 움직이지 않으면 죽은 거랑 같아. 동물의 몸을 빌린 천사, 그게 바로 인간이거든. 아프리카 사람들이 마치 자연과 하나처럼 움직이는 데서 파쿠르가 시작되었다고 그랬지? 그들은 몸이 아주 멋지고 탄탄해. 때로 벌 같고 때로 사자 같지."

다들 뭔가 생각하는지 고요하게 묵묵했다.

"자, 사자자세를 한다고 치자. 증오하고 미워하는 마음으로 빛의 통로를 열면, 어떻게 될까?"

"에너지가 들어오는데 마음 때문에 이상하게 변한다? 내가 사자의 증오심으로 가득 찬다."

"그렇지! 이그그, 이쁘다. 호영아!"

"눈은 마음의 창이다."

"그렇지."

"그럼 마음은 영혼의 창인 건가?"

"와! 호영아! 맞아, 그렇지!"

"아!"

"왜, 아미?"

"아, 아녜요."

"아! 그래서 신화니 전설이니 옛날이야기마다 다 그러는 거구나. 벌레, 새, 뱀이랑 사람이 엄청 많이들 나오고 신들이 나 바위, 꽃, 무지개, 별, 나무 들이 서로서로 말하고 사랑하고 싸우고. 그러다 죽으면 또 별이 되고 꽃이 되고 온갖 드라마를 찍는 거구나. 와우, 유레카! 그러면 혹시 동물들도 우리처럼 말을 했을까? 생각을 하고 살았을까? 우리랑 동물, 식물이 서로 말을 알아듣던 때도 있었을까? 진짜 산에도 날개가 달렸을까? 옛날, 아주 옛날?"

내가 혼자 중얼거리는 소리에 날탄이 활짝 웃으며 답한다.

"요즘처럼 실험이나 수식으로 증명할 순 없다만 반인반마 켄타우로스나 인어공주, 염소인간 판, 미녀와 야수 등을 보면 얼마간 짐작할 수 있지 않을까?"

4

"자, 움직이자!"

우린 모두 날탄을 따라 맨발이 되었다. 겨울인데 발이 하나도 시리지 않았다. 빈터는 폭신했고 따스했다.

"매일 열 가지씩은 꼭 배워서 기본기들을 터득하자. 그걸 완전히 익히면 어떤 일이 닥쳐도 일단 마음부터 무너지는 일은 없을 거다."

“흠, 뭘 하든 빛의 통로부터 열어야 한다는 거지요!”

“그렇지, 호영아. 자, 얘들아, 모두 이제 잠시 눈을 감자.”

태양을 등지고 눈을 감는다. 태양을 등지기 전 5초 정도, 아주 잠깐 태양과 정면으로 눈을 맞추라고 날탄은 말했다, 그리고 돌아보라고. 그렇게 하고 눈을 감으니 찬란하고 휘황하다. 이렇게 예쁜 빛깔을 본 건 태어나 처음이다. 눈앞이 난리가 났다. 엄마, 사랑하는 엄마, 보고 싶은 아빠, 그렇게 하고 해를 본 다음 다시 눈을 감았더니 눈앞에 초록색 연꽃이 피어났다. 노랑 꽃 수술들이 별처럼 점점이 박힌 열두 별자리, 초록과 노랑의 별자리 만다라다. 세상 어느 화가의 작품으로도 만나 보지 못한 색채, 숨 막히게 아름다운 한 장의 컷이었다.

“자, 다음은 정수리 위쪽 한 지점과 저 태양에서 나오는 빛의 화살 한 줄기를 서로 잘 맞추는 거야. 마치 정수리로부터의 손가락 끝과 태양으로부터의 손가락 끝이 만나는 것처럼. 이미 두 선은 연결되어 있는데 우리가 그렇게 생각하지 않을 뿐이거든. 그러니까 그렇게 이어져 있다고 한 번만 아이처럼 믿고 생각해 봐. 빛보다 빠르고 바람보다 손쉽게 우린 저 태양과 순식간에 하나로 연결이 되지. 그렇게 준비되었으면 첫 번째 기어가기, 자, 다음 정지, 다음 구르기 동작, 마무리하고 다시 정지. 그다음 벌떡 일어나 저 태양하고 각자의 머리에서 발끝까지 하나로 이어지는 선이 아주 커다란 원의 지름을 만드는 상상을 해 봐. 그 안에서 태양의 서커스처럼 큰 빛의 링을 잡고 텀블링을 하는 거지. 자, 시작!"

말도 안 돼! 나 말고 모두가 된다. 나는 그냥 두 팔을 쫙 뻗고 빙글빙글 돈다. 텀블링은 젠장, 무섭다. 그러는 순간 갑자기 둥실 허공 위로 몸이 뜬다. 내 앞에 날탄이 있다. 날탄이 아이들과 같이 횡으로 제 몸을 커다란 바퀴 굴리듯, 텀블링을 한다. 나도 가능했다. 그건 날탄이 내게 뭔가 힘을 줘서 가능한 일 같았다. 영원히 잊지 못할 날탄과의 첫 공중 유영이었다.

"자, 이제 한번 바위가 되어 볼까. 바위는 움직이지 않는 것 같지? 하지만 또 움직이고 있지. 바람이 쓸고 가고 빛이 쪼고 가고, 지금 이 순간도 우주 모든 생명들은 빠짐없이, 쉼 없이, 영원을 향해 나아가고 있단다. 그럼 이제 슬슬 태양의 에너지와 파쿠르와 요가 동작들까지 모두 하나로 결합해 보자. 그래, 바위 위에서 한 다리로 서 있기를 하는 거야. 처음 나는 나, 바위는 바위, 점점 내가 바위고 바위가 나, 그러다 둘은 완전히 하나다라고 생각해. 그런 다음 거꾸로 한 다리로 바위를 들고 있는 내 몸을 상상해. 바위 위에 내가 있는 게 아니라 바위를 내가 한 다리로 들고 있다고 말이지. 그런 다음 시간을 볼까, 얼마나 오래 그렇게 있었는지?"

처음 이리저리 들썩이더니 모두가 바위처럼 고요해졌다. 바람마저 숨을 죽이는 기분이었다. 몸도 눈에 보이는 것과 다른 몸이 따로 있을까. 계속 움직이다 멈췄다를 깊은 호흡과 함께 훈련하다 보니 내 몸은 여기 있고 내 움직임은 저기에 따로 있는 것 같다.

시각의 잔상인 걸까. 움직일 때, 주위 공기의 흐름이 멈췄을 때, 정지된 몸으로 오기까지가 무한히 미분된다. 그러면서 나는 조금씩 두 몸을 관찰하게 된다. 움직이는 몸, 정지된 몸, 그리고 그 둘을 바라보는 또 다른 나의 몸. 거기에 모든 빛의 선들이 우리 전체에 거미줄처럼 방사선을 그리며 밝게 움직인다. 끝없이 움직이는 파동으로 된 선, 하얗게 빛나는 그 생명줄마다 어리는 무지개 프리즘. 이젠 몸이 바닥에 널브러지지 않고도 가뿐하게 밖에서 나를 지켜볼 수 있게 된 거다. 조금도 허둥대지 않고. 이제는, 그야말로.

10장

3층의 존재들

1

은내 뒤편 바위산에서 동춘학원가를 지나 쌈룡으로 돌아오는 길에는 공터가 여러 개 있다. 공터엔 내다 버린 집기, 박스 등 이런저런 물건들이 쌓여 있다. 몸이 근질거리는지 호영이 쏜살같이 달려가 타이어 쌓아 둔 곳을 풀쩍 넘는다. 타이어 옆에는 헌 가구들이 팽개쳐 있는데 날탄이 순식간에 의자, 책상, 타이어 들을 영상으로만 보던 파쿠르 연습장처럼 배치했다. 나와 고터도 날탄을 거들었다. 금세 멋진 연습장이 만들어졌다.

"넘어 볼래?"

일단 점프부터 차례로 해 본다. 신기하다. 보름이 채 지나지 않아 내 몸이 예전의 몸이 아니다. 거의 붕붕 날고 있다. 진짜다. 부지런한 은내 사람들이 아직 하루를 시작하기도 전, 우린 공터를 지나 거리를 맨손으로 누비며 배운 기술을 하나하나 써먹어 보고 있다. 이제 계단 열 개쯤은 훌쩍 뛰어넘을 수 있고, 난간을 타고 앉아 미끄러져 내려오는 슬라이딩도 쉬워졌다. 당연한 말이겠지만 파쿠르에선 호흡이 아주 중요하다. 숨이 깊고 길어지니 보폭을 최대한 벌려 빨리 걷거나 달리는 게 어렵지 않았다. 계단 오르기, 비탈 오르기, 산줄기 타기는 물론이다. 우린 이제 집에 돌아갈 때도 버스를 타지 않는다. 내친김에 모두 학원 옥상으로 달려갔다. 뾰족탑 주위엔 흥미로운 물건들이 얼마간 있었다. 그런데 다시 또 경악의 순간이다.

"어어? 저게 뭐야?"

"인공암장이잖아!"

하룻밤 새 쌈룡의 건물 꼭대기 일곱 첨탑들의 둥근 벽기둥마다 모두 360도 돌아가며 인공암장이 생겼다. 정글짐에 이어 인공암장까지? 최고였다. 날탄이 가장 높은 암장을 배경으로 서서 암벽훈련 첫 시작을 알린다. 진짜 무슨 원정대 대장 포스가 절로 났다.

"이제 지금까지 익혔던 모든 단계들이 숨 쉬는 것처럼 절로 수행되어야 한다. 첫 번째, 아무리 급해도 깊이 숨 쉬고 눈 감고 동작과 동작 사이 5초 이상 침묵하기. 두 번째, 자연스러운 몸짓 중 이 상황에서 가장 필요한 게 뭔지, 어떤 쪽을 태양의 에너지 라인과 연결할 건지 생각하기. 마지막, 몸 전체를 열고 들숨과 함께 햇빛을 마시고 날숨과 함께 빛보다 빨리 움직인다고 상상하기."

"그러니까 퓨마처럼 달리고 싶으면 등 아래 복부 뒤쪽에, 전갈처럼 날카롭게 움직이고 싶으면 골반 아래 깊숙이, 맞죠?"

"그래, 하지만 각자 오라의 모습을 상상해서 잘 연결해야지, 진짜 피부에다 햇빛을 모으거나 배에다 전기 코드 꽂는 것처럼 상상해선 안 된다. 잘 알지?"

"옙!"

"우리의 상상은 그대로 현실이 된다. 명심해라!"

"자, 시작!"

산을 탈 때 날탄이 자주 말해 주었다, 암벽타기는 퇴화된 모든 힘들을 고스란히 쓰는 움직임이라고. 조금만 매달려도 정말이지 땀이 비 오듯 쏟아졌다. 손발이 얼음처럼 차던 나였다. 보름 만에 이젠 거의 맨발로 살아간다. 내 몸의 열은 밖에서가 아니라 안에서부터 생겨나 하나의 열막을 몸에 한겹 한겹 만들어 주고 있었다. 그런 변화를 시시각각 체험하니 힘들어도 모두 신이 나서 매달렸다. 날탄은 능숙한 암벽전문가처럼 우리를 안내했다.

뾰족탑 꼭대기에 간신히 올라가서 보니 암장에 박는 돌들과 쇠붙이들을 등에 잔뜩 진 비마가 훽훽 날아다니는 게 보였다. 나만 보이나 싶어 둘러봤더니 고터가 비마와 서로 마주 보고 멀리서 하이 파이브를 하며 웃고 있었다.

첫 인공암벽 등반의 경험은 짜릿했다. 파쿠르와 요가에서 쓰지 않던 근육이 총 가동되는 것 같았다. 그리고 다시 태양의 파쿠르! 에너지 집중에 들어갔다. 우린 매일 인류의 진화 과정을 모두 되밟으며 뭔가를 끌어내는 중이었다. 그러는 사이, 해묵은 찌꺼기와 독소, 오랜 슬픔이며 알 수 없는 분노와 불안감까지 계속 연기처럼, 안개처럼 밖으로 빠져나가는 기분이 들었다. 몸과 마음이 놀랍도록 가벼워지고 있었다.

쌈룡이 특별한 곳이란 소문은 은내천과 은내역 부근에 삽시간에 퍼져 나갔다. 중3 올라갈 애들이 꼭두새벽부터 이 산 저 산 다람쥐처럼 타고 다니질 않나, 학원 옥상에 이상한 게 뚝딱뚝딱 생기더니 애들이 거기 틈만 나면 매달려 있질 않나, 거미 인간처럼 동네 이 벽 저 벽에 대롱대롱 매달려 있질 않나, 펄쩍펄쩍 줄타기를 하질 않나. 어렵쇼? 육교 난간에 매달려 있는 걸 보고 누가 119에 신고하질 않나. 하루에 한 가지씩 기함할 일이 팡팡 터지는 중이었다.

벌써 엄마랑 내가 쌈룡학원에서 먹고 잔다는 소문도 파다하게 났다. 이러면 방송국 사람들 다시 찾아오는 거 시간문제 아닐까. 쉬는 시간에 학원 부근을 어슬렁거리다 보면 제

벌 많은 아이들이 쌈룡을 슬쩍슬쩍 엿보고들 간다. 게다가 고터는 그날 산에서 뛰쳐 내려간 간자를 이따금 만나는 눈치였다. 요즘 고터로 봐선 별 악의는 없었겠지만 그날 고터가 은주를 본 일, 그걸 간자에게 전한 일은 간자에게 어떤 확신 같은 것을 준 듯했다.

심야 특별반이 있대!

성적 오르면 쌈룡의 어마무시한 일타들이 집중 관리를 해준대!

더하기, 공짜 간식이랑 수제 점심이 맛나고 푸짐하단 소문에 인근 아이들이 호기심 반 기대 반으로 하나둘 쌈룡 구경을 오기도 했다. 주로 자기들 학원 쉬는 시간, 공강 시간마다 쌈룡 로비에서 맘대로 죽 때렸다. 천장까지 매달린 색색의 해먹도 인기였고 옥상의 정글짐도 암장도 인산인해였다. 내가 어느 날 파쿠르 훈련에 방해가 되어 머리를 싹둑 잘랐던 게 핫한 소식이 된다거나, 호영이랑 바게트가 거의 20킬로 가까이 감량을 했다거나, 고터가 무슨 길고양이 보호사처럼 변했다거나 하는 그런 영향도 분명 있었을 터였다.

특강 4주 차, 어쩌면 새로운 아이들이 등록할지도 모르겠단 희망이 모두에게 솔솔 피어날 무렵이었다. 쌈룡을 찾던 아이들 발길이 순식간에 뚝 끊겼다. 우리 넷이 학원 거리를 걷거나 가게에 들어가서 뭘 사고 있어도 예전처럼 호기심으로 반짝이는 눈빛들이 아니었다. 우리들 눈을 슬슬 피하거나 아예 외면하는 아이들이 대부분이었다. 우린 도로 외톨이들이 되었다. 나는 익숙해서 별 상관없었지만 다른 아이들 보기가 좀 그랬다. 호영이 최초였고 고터에 이어 바게트마저 동춘의 수업들을 완전히 정리했을 무렵이었다.

"이것 좀 봐!"

호영이 숨을 헐떡이며 손에 들고 온 종이를 펄렁거렸다. 동춘장 일대의 동춘 프랜차이즈 광고 전단이었다. 우린 식탁에 모여 그 전단지를 다 함께 멍하니 바라봤다. 조금은 충격이었다.

"좋은 일이네, 뭐!"

"그래도 좀 심하네, 그치?"

엄마와 날탄은 그렇게 말하며 서로 마주 보고 씨-익 웃었다. 역시, 이 세상 사람들은 아닌 듯했다. 우린 뭔가 약도 오르고 어이도 좀 없었는데 말이다.

동춘아카데미스 최초 학원비 파격 세일,

환불 수시 가능!

등록 수시 가능! 분납 가능!

오성급 호텔 출신 요리사의 최고급 급식실 상시 운영,
파격적인 간식 무료 제공,
적외선 황토 명상실 완비, 국내 초유의
유명 요가강사진 전격 초빙!
개인별 PT 상담 일대일 지도! 최고급 헬스 시설 완비!
뇌 호흡과 뇌파 훈련, 태초의 백지 뇌로 돌아가는
뇌파 공명기 도입!

단, 오직 학원은 동춘에만 등록했단 증거를 제시할 경우,
위의 전 혜택 제공!
다른 학원 출입이 발각될 시, 기납 학원비
세 배 이상 변상 조건임.

2

주홍빛 노을이 한창 아름다운 시간, 나는 레드오렌지 속살처럼 반짝반짝 빛나는 나미비아 모래를 멀거니 바라보고 있었다. 뭐지? 정말인가, 3층이 그런 덴가? 그래서 쌤들이 학원

수강생이 늘건 말건 무심한 건가? 그럼 사원지기 구르카도, 가이더들도 아닌 그냥 일타 강사들? 학원가에 도입된 초능력 계발, 뉴 아이템인가? 엄마랑 다 짜고 친 건가? 그럼 그날 하얀 새가 은주를 태우고 3층으로 들어간 것도 나랑 고터가 헛것을 본 거? 아니겠지, 아닐 거야. 말도 안 돼!

동춘장 전단지에 그 반응들 좀 보라지. 그래, 절대 그럴 리가 없다. 적어도 엄마랑 날탄만은, 아니지 유디스도 비마도 노노! 절대 그럴 리가 없어. 난 쌤들을 굳게 믿는다. 태어나 이렇게 공부가 좋은 적은 없었어. 그것도 다 쌤들, 쌈룡 덕 아닌가. 다시 맘을 그렇게 다잡으니 한결 편했다. 내려가 전용 해먹에 누워 좀 쉬어야겠다. 그리고 사탐 예습 좀 해 둬야겠다. 그나저나 알프스와 히말라야 빙하가 100년 안에 다 녹을 예정이라고? 이미 한창 녹고 있다고? 그럼 대체 우린 뭘, 어떻게 해야 하지? 그때 옥상 출입문이 삐끔, 가만히 열렸다. 누군가 살금살금 소리 없이 들어오는 기척이 났다.

은주? 고터?

다 아니었다. 그럼 누구지? 저건, 아! 간자, 간자였다. 그동안 지 꼴리는 대로 동춘이랑 쌈룡을 왔다 갔다 하던 간자, 그러다 지난주부터 발길이 다른 애들처럼 완전히 뚝 끊긴 간자 녀석이 분명했다. 그런데 저 녀석이 다 저녁에 여길 왜, 대체?

"비마, 자꾸 실수라고 그러는 거 들었는데, 그때 말이에요. 제가 둘로 쪼개진 날, 절 안고 쌈룽으로 데려오지 않았더라면 제가 혹 죽을 수도 있었나요?"

"그렇지. 그래서 내가 재빨리 니 카르마에 개입했다가 덜컥 쌈룽까지 열어 버리게 된 거지. 덕분에 엄청 포스 쓰면서 바야하루 고생 중이시고."

"아, 글쿠나. 그리고 바야하루 아니에요. 바,야,흐,로, 따라해 봐요."

"바이야하르. 아, 뭐야! 너, 얼른 고맙다고 큰절 안 해?"

"예-예! 근데 길에서 애들이 쫓아온 건 전혀 예상치 못한 일이었군요?"

"그렇지. 정말이지 태어나 내 그렇게 놀란 건 몇 백 년 만이었다. 조만간 쌈룽 같은 아카데미를 우리가 하나씩 오픈하긴 할 거였지만, 그건 원체 조심스러운 프로젝트라."

"그럼 원래 계획은요? 설산에서 유디스, 날탄까지 여기 다 함께 온 이유는요?"

"처음엔 나만 혼자 온 거였다가 너랑 급하게 엉키는 바람에 그만. 원래 계획은 여기서 너랑 라다랑 나랑 셋이 당분간 같이 지내다."

"지내다?"

"그다음은 그야말로 우리 셋의 카르마에 달려 있었겠지."

"아, 또 그 카르마!"

"흐흐, 짜증 나는 표정이다, 너."

"너무 많이 들었어요. 결론은 항상 카르마라니까요."

"짜증 낼 거 없어. 네 모든 순간순간이 다 젤 중요하단 뜻이야, 그건."

"그런가?"

"세상에서 넌 제일 중요하고 유일한 존재다, 그 의미야."

"카르마가 이기주의예요?"

그때 날탄이 훅 나타나 합세했다.

"아니, 이기주의 아니고 자립주의! 고독 말고 독고!"

"네?"

"스스로 선택하는 독존, 의도적인 고립, 그건 고독이나 자폐와 엄연히 달라. 카르마는 네가 진짜 이름 그대로 독고가 되어 매 순간 창조하는 거야. 그거부터가 진짜 네 카르마야. 반드시 그렇게 한 번은 똑바로 서서 싸워 이겨야 다음으로 나아갈 수 있어, 명심해!"

"으응? 날탄은 뭘 자꾸만 싸우래."

그동안 날탄과 비마는 날 수시로 불렀다. 이야기 주제는 대개 솟구치는 내 질문들에 대한 답, 그리고 선부른 영육 분리며 텔레파시 사용에 대한 극도의 주의였다.

"포스가 깨어나면 선배들한테 젤 많이 듣는 소리가 뭔지 알아?"

"글쎄요."

"닥쳐!"

"네?"

"'입 닥쳐!'라고."

"진짜요?"

"다음은 뭐게?"

"…."

"조심해! 조심해! 또 조심해! 너 간자 입 닥치게 한 거, 두고두고 네 짐이 될 거야. 그것 땜에 꼭 한 번 이상은 싫어도 간자에게 친절과 용서를 베풀어야 하거든."

하지만 오늘은 어쩔 수 없다. 간자 저 녀석이 왜 여기 왔는지 반드시 알아내야겠다. 나는 잠시 고민하다 결심했다. 처음으로 내 스스로, 내 의지에 따라, 내 몸에서, 내 혼을 정식으로 분리해 보기로.

금세 옥상은 어두워졌다. 어둠을 틈타 드디어 간자가 움직이기 시작했다. 녀석은 3층 복도 쪽 창들과 바로 이어지는 옥상 외벽 디딤돌 위, 어깨에 굵은 로프를 감고 어느 결에 우뚝 서 있었다. 외벽에 장식으로 하나씩 박혀 있는 디딤돌이었다. 평소엔 쓸데없는 장식이라 여겼는데 이제 보니 파쿠르에 아주 요긴한 물체였다. 간자는 거기서 막 3층을 향해 하강 점프를 할 참이었다. 그걸 보고 흠칫 놀라서인지, 혼이 분리되기 직전의 현상인지 온몸이 와들와들 심하게 떨리기 시작했다. 이어 거의 우당탕퉁탕 소리가 날 것처럼 온몸이 더욱 심하게, 격렬히 흔들리기 시작했다.

몇 초 후, 나는 얇은 고무막을 뚫고 튕겨 나오는 듯한 충격에 잠시 정신을 잃을 것만 같았다. 간신히 이를 악물고 정신줄을 잡았다. 이어 머릿속 크리스마스 꼬마전구를 딸깍, 간신히 켰다. 눈앞이 눈부시게 환해졌다. 그러자 어느새 나는 간자가 서 있는 그 디딤돌 위, 녀석의 바로 옆에 도착했다. 따라서 나의 반쪽은 저기 저 레드오렌지 속살 같은 모래밭 위에 얌전히 놓여 있겠지 하고 생각했는데, 아니었다! 나도 간자도 두 마리 거미처럼 옥상 벽에 바들바들 떨며 납작 붙어 있게 되었다. 어느 결에 멀리 앉아 있던 내 몸과 내 혼이 합체된 것이었다. 오늘의 분리 활공법 시도, 대실패. 하지만 더 놀라서 아예 바닥으로 추락해 버릴 뻔한 건 오히려 나를 발견한 간자였다!

“아악! 뭐야 너!”

“뭐긴 뭐!”

둘 다 극심한 충격으로 몸이 출렁했다. 마음 같아선 녀석을 콱 밀어 버리고 싶었지만 어쩔 수 없었다. 우린 얼굴만 반대로 홱 돌린 채 서로를 부여잡고 가까스로 중심을 잡았다.

"파쿠르는 이럴 때 쓰라고 배운 게 아닐 텐데."

정신을 추스르자마자 쏘아붙였다. 간자의 얼굴이 하얗게 질렸다.

"별 뜻 없었어, 그냥 확인해 보고 싶어서."

녀석이 힘없이 작은 소리로 말했다.

"좋아, 이왕 이렇게 된 거. 어쩔 작정이었냐?"

나도 마음의 각오를 다졌다. 그래, 끝까지 가 보자, 뭐.

"복도 창문 정도는 쉽게 딸 수 있는 연장을 가져왔어, 내가."

간자가 이를 드러내며 진짜 간사하게 웃는다. 다시금 팍, 아래로 밀쳐 버리고 싶은 걸 겨우 참았다.

"들어가자, 그럼."

나는 최대한 담담하게 답했다. 간자가 다시 속살거렸다.

"아미, 실은 너도 궁금하지? 3층은 분명 소문대로, 아니 고터 말대로 심야 특별반일 거야. 난 단지 그걸 확인하고 싶어. 잘 봐, 이 학원 진짜 애들한테 펑펑 잘 쓰잖아. 그게 다 어디서 나오겠냐? 경험했다시피, 네 명 강사들 다 일타급이잖아. 분명 다 스카이 출신일걸, 너희 엄마만 빼고?"

듣는 나, 기분 오지게 나쁘다. 그리고 그 펑펑 쓰는 돈 반은 울 엄마가 지난 넉 달간 번 복채거든? 하드웨어 담당 비마, 매일의 소비비 담당 울 엄마! 내가 5층에서 잠만 퍼져 잔 줄?

"난 그게 더 기분 나쁘다 이거야."

"뭐가?"

"세상 인자한 척, 친절한 척, 올바른 척 다하면서 뒤로 특별반 두고 실속 다 챙긴다 이거지. 우린 설렁설렁 놀게나 하고, 산에서 구르기나 시키고. 좋은 성적 받든 말든 애초에 포기한 거지. 그리고 진짠 여기서 다 풀 거라 이거지. 아마 내신도 다 거래할걸, 고딩 주임들하고?"

헛소리, 헛소리, 몽땅 헛소리였다.

"그래, 그럼 가 보자, 얼른. 가서 보자고, 그런지 아닌지."

"만약 3층이 심야 특별반 아님 내가 이제 쌈룡에 끝까지 충성을…."

"시끄러워. 암튼 넌 이제 끝이야!"

3

그리고 심혈을 기울인 어둠 속 낙하!

옥상 외벽 돌출된 디딤돌에서 3층까지 점프와 매달리기, 처음 해 보는 지형지물 파쿠르였다. 간 떨려서 죽을 뻔했지만 다행히 나도 예전 그 비루한 몸이 아니었다. 아슬아슬하게 점프 후 착지! 복도 창틀 바로 옆, 스테인드글라스가 있는 반 아치형 창문의 돌출부에 턱 하니 버티고 섰다. 3층의 복도 창문은 의외로 쉽게 열렸다. 부러 간자가 가져온 연장까지 쓸 필요도 없었다. 낙하하면서 얼핏 보니 진짜 5층에도 4층에도 아무 인기척이 없었다. 우릴 다 보내 놓고 정말 따로 특별수업을 하는 걸까. 아니, 그럴 리 없어, 절대. 나도 모르게 머리를 좌우로 마구 흔든다. 간자는 벌써 복도 창문을 통해 쓱 하니 안으로 들어가 보이지 않았다.

"3층은 뭐예요, 비마?"

언젠가 딱 한 번 용기 내어 비마에게 물어본 적이 있었다.

"응, 내가 여기 온 목적 중 하나."

"나랑 엄마랑 보러왔다면서요."

"그것도 하나, 이것도 하나."

"3층이 글케 중요해요?"

"그럼, 그렇고 말고! 우리가 와서 3층이 생긴 거나 마찬가지니까."

간자가 스며들 듯 3층으로 들어간 후 한동안 정적이 흘렀다. 이게 뭔 짓인가, 마음이 점점 무거워져 왔다. 그때였다.

"으아악!"

째지는 듯한 비명, 간자였다. 녀석은 내 쪽으로 미친 듯 마구 달려오더니 풀썩 쓰러져 완전히 혼절해 버렸다. 아, 심장이야. 사방은 더 어둡고 고요해졌다. 나는 간자를 한쪽 벽으로 낑낑 반쯤 들어 옮긴 후 3층 입구 처음 보이는 문 쪽으로 천천히 걸음을 옮겼다. 그러고는 조용히 문을 열었다. 문은 부드럽게 살포시 열렸다.

강의실 안은 마치 거대한 심연 같았다. 간혹 희미한 불빛이 반짝였다. 가루같이 작은 섬광들이었다. 어릴 때 천변에서 본 반딧불이들이 모여 여기저기 반짝이는 듯했다. 혹시 도깨비불? 무덤가에 돌아다닌다는 그 도깨비불? 그럼, 여긴? 후우우. 잠시 심호흡을 하고 눈을 질끈 감았다.

나미비아, 나미비아. 아무것도 없어, 아무것도 없어. 왠지 생각나는 게 그것밖에 없었다. 머릿속이 새하얗다. 나미비아, 나미비아. 그러자 흔들흔들 와들와들 온몸이 우당탕퉁탕 요란하게 흔들리기 시작했다. 조금 전 그때와 같았다. 스스로 몸과 혼이 분리되기를 간절히 소망하고 의도했을 때, 바로 그 요란한 이륙의 조짐이었다. 순간 익숙한 피리 소리가 들렸다.

"하이!"

아, 놀라라.

"날탄!"

나는 다리가 풀려 그만 자리에 주저앉을 뻔했다. 눈물이 핑 돌았다. 너무나도 반가운 날탄이었다.

"허허허, 누가 젤 먼저 여길 들어오나, 그간 매우 궁금했었네."

"날탄!"

“아미!”

“미안해요, 어흑.”

“으응? 왜?”

“간자가 자꾸만, 미안해요.”

“노노, 그런 말은 내 안 들은 걸로 할게. 우리 쌈룡인이 그렇게 비겁한 말을!”

“아, 것도 또 죄송해요.”

“시끄럽고.”

“어흑!”

“자 서로 인사나 해. 얘들아, 얘가 바로 아미야. 너희들도 인사해.”

깜깜하던 교실은 날탄 주위에서 시작해서 전체가 대낮처럼, 무슨 크리스마스 트리처럼 서서히 밝고 화사해졌다.

“간자는요? 복도에 있는데 어떻게 해요?”

“한숨 푹 잘 거니까 놔두고, 이리 앞쪽으로 오렴.”

날탄 옆에 다가가서 보니 평범한 대형 강의실이었다. 그런데 이 야밤에 진짜 내 또래 아이들이 3층 전체를 터 버린 대형 강의실 안에 한가득 모여 있었다. 나를 보고 손을 들어 흔들며 환히 웃는 아이들도 보였다. 며칠 전 마주친 은주도 거기 있었다. 나도 덩달아 손을 흔들어 주었다. 와, 진짜 강의실이었네! 그렇다면?

"안녕, 아미? 그동안 나 너 많이 봤어."

음파 소통이었다. 음, 이 아이들도 다 텔레파시를 하나 보다. 나도 그럼 예의상!

"오, 그래. 반갑다, 다들!"

아이들이 나를 보고 활짝 웃는다. 대체로 이쁘고 선한 인상들이다. 그런데, 이들이 입고 있는 교복을 보니 거의 전국 영재, 수재급 학교의 것들이다. 저건 무슨 국제중, 저건 무슨 특수중, 어, 유명 외고며 쩌는 국제고, 과고도 있는데? 오호라, 그러면 간자 말이 맞았던 거야? 특별 심야반 운영? 나는 찌릿 나도 모르게 날탄을 째려봤다.

"날탄, 여긴 어디예요? 너희들은 대체 누구야?"

그러자 날탄은 빙긋 웃으며 내게 뭔가 손짓했다, 강의실 바닥 저 아래를 좀 보라고. 날탄이 가리킨 강의실 바닥, 거기엔 텅 빈 심연의 공간이 시커멓게 보였다. 이어 날탄이 까딱 다시 턱짓만으로 내 눈길을 옮겼다. 나는 홀린 듯 날탄의 손짓 턱짓을 따랐다. 그러다 내가 마지막으로 본 건 그 많은 영재 수재 학교 아이들의 발목과 다리 부근이었다. 순간 내 입에서 나미비아, 나미비아가 주문처럼 튀어나왔다. 아무것도 없다, 아무것도 없다.

아이들에겐 발목이 없었다. 양말도 없었고 신발도 없었다. 그걸 확인하자마자 두 다리의 힘이 완전히 풀려 버렸다. 내 머릿속 항상 빛나던 크리스마스 알전구, 꼬마전구들마저도 모두 한순간에 딸깍 까맣게 꺼져 버렸다. 모든 게 너무, 정말이지, 무서웠다. 크게 소리칠 힘조차 없었다. 나도 간자처럼 제자리에 풀썩 쓰러져 버렸다.

"쯧쯧, 안됐네, 8주 차 마지막 강의였는데. 괜스레 미리들 와서는."

얼핏 날탄의 그런 말을 꿈결에 들은 것 같기도 아닌 것 같기도 했다.

4

"이왕 이렇게 된 마당에."

"같이 지내지 뭐, 이제."

"서로 도울 건 도우면서."

날탄, 비마, 엄마 라다의 순으로 한마디씩 한다. 비상 쌈이라며 우리 모두를 불렀다. 새벽 댓바람이었다. 처음으로 파쿠르 훈련도 빠지게 되었다. 나는 대략 뭔지 감이 잡혔지만 나머지 세 친구들은 멀뚱한 표정으로 로비에 옹기종기 모여 앉아 있다. 간만에 새벽훈련을 못 하니 온몸이 근질근질 아우성이다.

"아까 간자 해먹에 있던데?"

"아냐, 벌써 나갔어."

"얼굴이 아주 안 좋더라."

세 친구들이 서로 주거니 받거니 한다.

"이리 와 봐, 빨리."

갑자기 날탄이 식당으로 우리를 불렀다. 뭐 또 요리 하나 계발하셨나? 우르르 식당 쪽으로 신나게 몰려가자마자 모두의 눈이 둥그레졌다.

"세상에, 이게 다 뭐에요?"

진심 깜놀이었다. 뭐지? 붉은 식탁보가 깔린 식탁 위엔 유리병 가득 붉은 주스가 줄줄이 놓여 있고, 그 옆으로 붉은 접시며 붉은 그릇엔 죄 붉은 팥죽, 붉은 수수떡이 담겨 있다. 그리고 급조한 듯한 유치찬란 세 마리 황룡무늬 프린트가 선명한 붉은 포대 네 자루와 아주 길게 늘어진, 역시 새빨간 고깔모자까지 이게 다 뭐야, 진짜!

"갈아입어라!"

유디스가 빙긋 웃으며 짧고 굵게, 하지만 분명히 말했다.

"네?"

"아니 우리가 무슨 빨강나라 스머프들도 아니고, 이런 자루 같은 옷에 자루 같은 모자를!"

"밖에 창문 다 닫아요, 어서. 이런 꼴까진 정말 보이고 싶지 않다고요."

"왜 ? 동춘에서 또 따라 하면 재밌잖아, 하하하."

울며 겨자 먹기란 정녕 이럴 때 쓰는 말이었다. 각자 화장실 겸 탈의실에서 최대한 느릿느릿 옷을 갈아입고 뻘쭘하게 다시 로비로 나왔다. 우린 가급적 서로 눈길을 피했다. 네 어른은 모두 하양 깔 맞춤, 우린 모두 빨강 깔 맞춤! 유치원이야, 뭐야. 그러든 말든 유디스가 갑자기 세 번, 짝짝짝 하고 박수를 크게 쳤다.

뎅그렁

뎅그렁

뎅그렁

날탄이 세 번의 싱잉 볼을 청아하게 두드렸다.

~~부우우우우~~

~~부우우우우~~

~~부우우우우~~

비마가 세 번의 소라고둥을 우렁차게 불었다.

휘이이이이

휘이이이이

휘이이이이

복도 바람도 그에 맞추어 길게 세 번 세차게 불었다. 나는 나도 모르게 호영이랑 바게트의 팔짱을 꽉 꼈다. 고터는 그리 염려되지 않았다. 물론 나도 이젠 자신 있다. 아침 해가 한창 떠오르고 있었다. 곧 아침 식사 시간이다. 3층 소방문이 활짝 열렸다. 호영과 바게트가 이를 딱딱 부딪는 소리가 내 귀까지 들린다. 어제 본 그 아이들, 여러 잘 나가는 교복을 차려입은 또래 친구들이 하염없이, 그야말로 줄줄이 장난감 기차들처럼 꾸역꾸역 열 지어 로비로 내려오고 있다.

3층의 존재들, 어젯밤 내가 본 바로 그 아이들, 그들은 모두 누구보다 일찍 세상을 떠난 십 대의 영가들이었다.

"은주다!"

고터가 먼저 호영의 팔짱을 풀고 앞으로 나섰다. 나도 그제야 긴장이 좀 풀렸다. 호영이랑 바게트의 얼굴은 핼쑥했다. 뭐가 뭔지 잘 이해가 되지 않는 모습이었다.

"잘 왔다, 애들아. 밝은 낮에 여길 구경하고 싶댔지? 마음껏 둘러보고 신나게 놀아라."

유디스의 말이 떨어지자 교복 입은 영가들은 사방으로 흩어져 신나게 움직이기 시작한다. 우리가 옷을 붉게 맞춰 입지 않았더라면 누가 누군지, 어디 있는지 쉽게 알아볼 수 없을 상황이 눈앞에 벌어지고 있다. 영가들은 식탁 위 붉은 음식들 가까이엔 얼씬도 하지 않았다. 으응, 가이더들은 다 계획이 있었던 거구나. 당연히 우리한테도 무조건 다가와 만지거나 치지 않았다. 영화에서처럼 우릴 휙 뚫고 지나가지도 않았다. 그건 나중에 알았지만 퍽 위험한 일이었다, 순간적으로 오라를 찢어 놓을 수 있는, 그렇게 되면 이후 평생을 두고 쉽게 빙의가 일어날 수 있는.

호영과 바게트도 점차 안정을 찾고 있었다. 3층 존재들에겐 미안했지만 너무 배가 고팠으므로 우리끼리 팥죽과 수수팥떡으로 잠시 허기를 달랬다. 배가 고파서인지 죽도 떡도 꿀맛이었다.

"그런데 왜 하필 죄다 붉은색이지? 쟤들이 썩 물렀거라, 할 악귀들도 아니잖아."

"빨주노초파남보, 무지개 맨 아래 색이 뭐게?"

엄마 라다가 내게 집중하고 있었는지 진동으로 시작된 내 음파를 읽고 멀리서 답해 준다. 이제부턴 다 음파 소통인가 보다.

"빨강."

"그게 바로 지상과 지하의 경계색이야. 그 이상 세계로 올라올 수 없어, 저 아이들 몸은."

"그럼 영혼의 빛깔은?"

"하양이지."

"그래서 그렇게 입은 거야, 가이더들은?"

"우린 경계를 가질 필요가 없지만, 너희하곤 처음 만나잖아. 분명한 선을 지켜야 하니까. 쟤들도 천차만별, 너희들도 천차만별?"

"뭐가?"

"각자 포스가."

"카르마도?"

"이젠 제법이네."

"오라도지?"

"당근."

어느새 호영은 아이들 몇과 음파 소통 중이다. 고터도 바게트도 제법이다. 파쿠르 동작을 같이하며 공중돌기를 신나게 알려 주기도 한다. 호영은 뭔가 질문을 마구 던지는 느낌이다. 서로 이름도 소개하고 아는 척도 한다. 암튼 붙임성 하나는 끝내주는 아이다.

5

첫 만남의 흥분이 가라앉고 나자 3층의 친구들은 이내 3층으로 돌아갔다. 뒤도 돌아보지 않는 쏘쿨한 작별이었다.

"어, 왜 저렇게 빨리들 돌아가요? 우리가 싫은가?"

호영이 막 친해졌다 싶은 친구들이 인사도 없이 사라지자 좀 서운했나 보다.

"영가들은 육체 감각이 없지. 몸이 텅 비어 있으니 모든 경험을 마음먹은 대로 쉽게 아주 빨리 할 수 있단다. 그새 여길 다 파악하고 어린 혼들답게 싫증이 난 거다. 앞으론 내려오지 않을 거야. 남은 건 오직 너희들에 대한 사랑과 관심이니까. 보고 싶을 때 너희들이 가서 보면 된다, 물론 자리에 자주 없겠지만. 저 아이들도 몹시 바쁘단다, 실은. 할 게 아주 많은 친구들이지."

3층 친구들은 각양각색이었다. 한없이 가여운 마음이 드는 친구들도 있었고 지금을 현실로 믿고 천진하게 웃고 즐기며 돌아다니는 친구들도 있었다. 차차 그들의 존재가 무섭거나 무턱대고 가엾지만은 않았다.

"왜 3층을 만든 거예요?"

호영이 간신히 정신을 수습했는지 슬슬 질문 기차에 시동을 걸기 시작했다.

"만든 게 아니라 무질서하게 있던 걸 질서 있게 정돈한 거라 해 두자."

"쌤들은 모두 영매인가요?"

"아님 주술사?"

"무당?"

"잘 들어라. 영매는 현실에 살면서 살아 있는 사람들과 죽은 자들을 이어 주는 일을 한다. 그들이 하는 일은 그냥 위로다. 우린 그들과 달라. 그런 일을 절대 하지 않지. 주술사들도 영매와 비슷한 일을 오래도록 해 왔고, 무당이라 부르는 샤먼들도 그렇다. 하지만 그들은 어디까지나 지상의 요구에 묶여 있고, 우린 산 자의 요구에도 죽은 자의 요구에도 무조건 따르지 않는단다. 다만."

"다만?"

"영혼을 안내하는 일을 하지. 그리고 우린 무엇보다 우주의 엄정한 법칙에 따라 일한단다. 이 세계 누구도 그 법칙을 위반할 수 없어, 아무리 위대한 존재라 해도."

"그럼 스피리츄얼 가이더?"

"구르카?"

"스승님?"

"성자?"

고터와 내가 번갈아 오래 품고 있던 질문을 던졌다.

"뭐라 부르든 상관없다. 그저 우린 생명의 법칙을 위해 일하는 자, 화이트 워커(White Worker), 뭐 제다이라 해도 전사라 해도 백색의 간달프들이라 불러도 무방하다."

"그럼, 3층을 만든 이유는 이 친구들의 영혼을 더 좋은 곳으로 안내하려는 거예요?"

"우리 맘대로 한다고 할 순 없지. 다만 그들을 보호하고 가르치고 일깨우는 거다. 그래서 이 친구들이 하나하나 모여든 거지."

"그런데 죽은 애들한테 뭘 일깨워요?"

"각자 해결해야 할 카르마들, 영혼의 숙제 같은 것들."

"다시 또 카르마군요!"

"아까 말한 우주의 법칙 중 으뜸이 카르마의 법칙이란다. 원인과 결과의 법칙. 사실 우린 이 일을 위해 급한 일 제쳐 두고 여기로 달려온 거야. 물론 비마랑 아미, 그리고 라다가 직접적인 계기였지만."

"그게 왜 그렇게 중요했어요?"

호영과 바게트를 훈련시키려는지 유디스나 날탄은 이제 긴 이야기를 할 때면 음파 소통을 주로 한다. 그동안 〈텔레파시 입문〉 정도는 우리가 막 뗀 참이었다. 호영과 바게트는 노트에 유디스의 말을 받아 적기 시작했다. 나와 고터는 받아 적지 않아도 들은 내용이 파일처럼 척척 머릿속에 정리되는 중이었고. 그 역시 카르마 차이?

"세상엔 무한 경쟁이란 칩 하나 때문에 스러진 아이들이 너무 많아. 시간이 흘러도 줄어드는 게 아니라 점점 늘어나고 있지, 더 교묘해졌고. 전엔 성적 하나였지만 이젠 매사 경쟁적인 분위기가 아이들을 왕따로 폭력으로 끝없는 절망으로 몰아가고 있다. 어릴 때만이 아니라 평생에 걸쳐 따돌림과 무시, 열등감과 증오란 이름의 칩들이 모두의 심장에 깊이 박혀 있지. 그게 바로 이 세상이 지옥인 이유다. 아무리 그렇다 해도 이렇게 어린 나이에 스스로 목숨을 포기한다는 건 카르마 가운데 가장 무거운 카르마 중의 하나지. 이 아이들은 따라서 학교나 학원 주변, 집 근처를 배회하는 원혼으로 남아 더 큰 혼의 세계로 나아가질 못하고 있단다. 물귀신, 학교귀신, 우물귀신, 한강의 귀신 들. 사람들이 그런 걸 보는 게 다 그런 이유다. 제 길로 떠나지 못해 배회하며 머무는 숱한 영가들."

가엾다. 그리고 슬프다. 아, 어서 내게 완전한 날개가 달렸으면 좋겠다, 진짜 날개든 엄마 말대로 언어의 날개든. 내가 진짜로 쓸모 있고 아름답고 강한 아이면 참 좋겠다. 모두의 심장에 깊숙이 박힌 죽음의 칩들, 모조리 달려가 뽑아내 주고 싶다. 그게 언제쯤이나 가능하게 될까.

11장

학교야, 이젠 안녕!

1

2016년, 새해가 밝았다. 3층의 친구들과 우린 점점 자연스러운 사이가 되었다. 쌈룡의 식구들 모두가 3층에서 한데 모이면 어마어마한 대식구가 되었다. 든든했다. 그들은 다시는 1층에 내려오지 않았지만 우리가 가면 좋아라 반겨 주었다. 세상 돌아가는 소식이나 요즘 유행하는 말들, 인기 아이돌 소식도 들려주면 무척 좋아했다.

그런데 대개는 다소 불안한 상태였다. 지속적으로 자신이 한 행동을 후회하거나 우울해하는 일이 흔했다. 더 딱한 건 자신의 현실, 즉, 자신이 죽었다는 걸 절대 인정하지 않는 경우였다. 두고 온 가족, 친구, 학교 주위를 자주 배회하고 와선

한동안 그들을 그리워하며 울거나 침울하게 지냈다. 특히 생전에 애착 대상이나 반대로 원한의 대상들에게 집착과 증오의 에너지를 수시로 발산하고 돌아왔다. 그걸 자주 받으면 남은 이들은 망자에 대한 그리움과 미련이 증폭된 나머지 뒤따라가고 싶은 마음이 커지게 된다. 반대의 경우는 계속 사건사고에 휘말리고, 깊은 마음의 병이 시작된다.

공부할 게 정말 많았다. 가이더들에 의하면, 세상은 결코 지구를 중심으로 돌고 있지 않다. 허공엔 인간이 육안으로 볼 수 없는 존재들이 가득했다. 그건 모두의 집집마다 사실 쌈룡의 3층이 존재한다는 소리였다.

지구는 주기적으로 사라졌다 다시 나타났다 하는 무수히 많은 천체들 중 하나일 뿐이다. 모든 인간은 잠시 잠깐 지금 모습으로 지구라는 별을 부지런히 통과하는 중이다. 한 생이 그저 1초에 불과한 길이다. 그러니 지금 내가 보는 내가 영원한 나일 리 없다.

인류가 멸망하면 온 세상이 끝나고 하는 일 따윈 애초에 계획된 적도, 존재한 적도 없다. 다만 무한한 책임과 고통은 따른다. 태양계엔 무진장 많은 인류가 우리처럼 존재하고 있다. 하지만 우리 지구인들은 그들을 일러 모두 외계인이라고 부른다. 특히나 이 대목에서 우릴 제외한 대부분의 3층 친구들은 붕붕 위로 떠오르며 요란하게 박장대소를 했다.

"왜 저렇게 웃는 거죠, 날탄?"

"생각해 봐라. 인간 모두가 이 작은 태양계 하나에 딸린 여러 행성들을 오가며 무수히 죽고 태어나는데, 그렇다면 스스로가 스스로를 외계인이라고 부르는 셈이잖아."

이제 쌈룡에서 지낸 지 꼭 한 달, 방학의 딱 절반이 지났다. 날탄과 막 헤어져 3층에서 내려오는데 주방에서 두런두런 아이들 소리가 났다.

"일단 이번 시험부터 확실하게 뽀개고."

고터의 말이었다. 셋이 모여 비상 쌈을 하는 것 같았다. 나만 쏙 빼고.

"히히힛!"

"왜 그래, 호영은 또 갑자기?"

"미쳐 가는구나, 드뎌."

"3층 친구 제니가 이번 시험 답안지 내가 부탁만 하면 다 외워 올 수 있대."

"진심 미쳤어?"

"안 그럴 건데, 웃기잖아. 생각만 해도 신나!"

"호영, 시험 잘 치고 싶음 이제 한 달 남았는데 슬슬 공불 좀 해 보는 게 어때?"

나야 중3 전국평가고사 따위 뭐, 누가 못 봤다고 뭐랄 사람도 없고, 별로 신경도 안 쓰였다.

"나 이번에 평가고사 못 치면 쌈룡도 끝이야. 실컷 놀았으니 다시 동춘 가래."

침울한 표정의 바게트.

"그렇다고 불법은 안 되지."

"맞아. 그럼, 카르마가 왕창 생기잖아."

"어쩌지?"

"사실 나도."

고터의 표정도 비장했다. 모든 게 이번 3월 평가고사 결과에 달렸다고 했단다. 안 그럼 다시 동춘 풀타임으로 끊어 버리겠다고. 물론 개과천선 고터, 즉 개터의 부모님들께서다. 요즘 동춘장들의 인기는 대폭발 지경이니까, 화제의 전단지에서 보았다시피.

결국 선택은 한 달 남은 시간 동안 극한의 대비와 훈련밖에 없다. 아이들 하나하나 사정이 그러자 남들 문제에 매사 심드렁했던 나도 잘해 내겠다는 마음이 불끈 솟았다.

"세상 모든 빙하를 지킬 인공 구름을 연구하고 싶다고? 그럼 먼저 소소한 일부터 제대로 끝내 봐, 친구를 조용히 돕는다든지. 그래야 다음 길이 보인단다."

얼마 전 비마의 종이쪽지를 들고 혼자 끙끙 앓다 날탄에게 달려갔을 때였다. 날탄의 말에 동춘을 향한 오기가 더욱 끓어올랐다. 우리끼리 여러 번, 격렬한 쌈을 했다. 그 끝에 잠시

3층 강의에서는 빠지겠다고 가이더들에게 통보했다. 쌤들은 흔쾌히 그러라고 했다.

"그래, 뭔가 보여 주겠어!"

우리 넷의 결의는 자못 대단했다. 동춘에도 학교에도 동네에도 선전포고를 한 셈이었다. 호영과 바게트는 쌈룡을 계속 다니고 싶다는 맘이 날로 강하게 든다고 했다. 더하기, 이제 우린 아무도 3층을 무서워하지 않게 되었다. 우스꽝스러운 붉은 자루를 뒤집어쓸 필요도, 붉은 주스만 찾아 먹을 이유도, 붉은 모래를 깔아 놓을 이유도 시간이 흐르면서 하나둘 사라지고 있었다. '애들 포스가 진짜 많이 커졌네.' 엄마랑 날탄이 그런 말 하는 걸 듣기도 했다. 그럴 때마다 내가 다 뿌듯했다. 사실 우리와 영가들 사이에 이젠 그리 큰 차이를 못 느끼게 된 것이다.

"난 아침잠이 무지 많이 줄었어요. 신기해요."

"다 파쿠르 기본기 덕이란다."

날탄의 답이었다.

"힘이 정말 세졌어요. 몸이 쉽게 안 지쳐요."

"태양의 요가 덕분이지."

"근육 짱짱, 무거운 것도 잘 들어요."

"암장 효과, 비마에게 모두 감사하자."

"언젠가 구르카들의 도코도 따라해 보고 싶어요."

"기공이랑 합기도도요."

"마오리족이며 마사이족, 부시맨들도 모두 각자의 훈련법이 있었지."

"짱 잼나겠어요!"

드디어 아이들 각자 집에 모두 허락을 얻었다. 결론은 합숙! 한 달 동안의 긴 시험 준비가 시작되었다. 이번엔 누가 하라고 등 떠민 공부가 아니었다. 그냥 여기 계속 있고 싶어서, 이곳이 계속 존재했으면 해서, 그리고 함께하고 싶어서 우리 스스로 내린 결정이었다.

그 무렵 우리 모두는 태어나 처음으로 엉덩이가 무르도록 시험공부란 걸 해 봤다.

"시간이 별로 없어. 어쩌지?"

"이제 그레이들도 확실히 차단했으니까 그냥 말해도 되겠지?"

비마랑 날탄이 숙소에서 나누는 음파가 옥상에 잠시 올라가 머리를 식히던 내게도 들려왔다.

언젠가 내가 또 물었었다.

"비마, 그레이는 뭐예요?"

"응, 중간에서 음파를 다 잡아먹는 애들."

"그런 것들도 다 있어요?"

"어."

"걔들이 뭘 하는 거예요?"

"텔레파시 방해, 환청 유발, 빙의, 착란, 오라 새치기, 혼줄 퍽치기의 아이콘이지."

"우와! 그런 게 다 있구나."

"조심해야 해. 잘 때도 깨어 있을 때도 꿈꿀 때도 항상 바른 생각, 바른 마음, 알았지?"

"네."

"여긴 정말 위험한 데야."

"어디요?"

"지구지 어디겠어."

"허걱."

"화나는 거, 몽롱해지는 거, 슬퍼지는 거, 우울해지는 거, 변덕 부리는 거 다 안 좋아. 그럴 때가 걔들의 찬스 타임이거든. 그런 감정들 때문에 오라는 찌그러지고 구멍 나고 헐렁해져. 그럼 그레이는 그런 오라들에 귀신같이 비집고 들어와 이렇게 속삭이는 거지. 다 틀렸어, 포기해라, 미워해라, 저주해라. 그래서야, 마약이나 술을 하지 말라는 게. 초감각자들은 그렇게 포스를 처지게 하는 모든 걸 기를 쓰고 피해야 해. 안 그러면 당장 걔들의 인스턴트 라면 꼴이 돼 버리거든. 후루룩후루룩, 쩝쩝, 알았지? 바로 먹히는 거야, 흐규."

그런데 참, 무슨 시간이 별로 없다는 걸까. 가이더들은 항상 바쁘다. 3층 친구들도 항상 바쁘다. 그리고 이젠, 우리가 젤 바빠졌다.

으악, 개학이 바로 코앞이었다!

2

우린 무슨 지구라도 구하는 양, 비장한 표정으로 각자 새로 배치된 3학년 새 교실에 입실했다. 며칠 후 전국모의고사!

다행히 다들 잘 본 모양이었다. 시험을 마치고 쌈룡에 다시 모였을 때 표정이 말갛고 개운해 보였다. 뭔가 기대를 해 봄 직했다. 신기했다. 우리가 학교 다니면서 이렇게 성적 나오는 날을 목 길게 빼고 고대한 적이 있던가.

걱정은 좀 했지만 3학년 새 반도 그럭저럭 다닐 만했다. 물론 처음엔 적응하기가 쉽진 않았다. 적응될 때까지 자꾸만 사람들 얼굴 뒤에 몇 개의 얼굴이 겹쳐 어룽대곤 했기 때문이다.

교감은 전형적인 너구리 얼굴, 너구리 안경을 하고 있었다. 교장은 승냥이, 상담 주임은 여우, 학주는 완연한 족제비였다. 몇몇 젊은 선생들은 사람도 동물도 아니었다. 대기업 제조 폰들이 어슬렁어슬렁 걸어 돌아다니기도 하고 가끔 아이폰이 복도를 뛰어다니기도 했다. 몸이 하나가 아니고 둘셋

씩 포개져 보이는 아이들도 있었는데, 그 아이들은 자신들이 덕질하는 아이돌 중 하나와 동심일체, 아니 일심동체, 완전 합체 상태였다.

그보다 더한 아이들도 있었다. 모범생 아이들의 오라는 층층이 쌓인 조상의 오라, 가문과 가풍, 명문대 진학 등의 오라들로 복잡다단했다. 어른들의 포스가 아이들에게 일방적으로 치고 들어와 아이들 오라를 찢어 놓은 후 부모에게서 들어온 갖가지 정보들로 넘치는 오라들도 많았다. 그런 아이들은 대개 편두통에 시달렸다. 그런 게 보일 때마다 가슴이 요동쳤고 심장이 아파 왔다.

"오라 투시는 아무나 하는 게 아냐."

가이더들은 학교를 다녀온 내가 축 처져 있으면 뭔가 한바탕 의식을 치러 주었다. 아로마 향도 뿌리고 밀랍초도 켜 주고, 엄마는 절대 빼지 않던 자수정 반지까지 자주 빌려줬다.

"웬일이니, 너희?"

며칠 후, 우린 조회가 끝나자마자 쭈뼛쭈뼛 교무실로 몽땅 불려갔다.

"얘들 좀 봐. 같이 몰려다니더니 성적도 똑같이 올랐어요!"

드디어 평가고사 결과가 나왔나 보다. 근데 뭔가 찜찜했다. 우리의 담임들은 다들 미심쩍은 눈초리로 우리 넷을 째려봤다. 그나저나 성적이 올랐다는 거지? 오 예, 만세!

"방학 때 동춘 코스도 물론 안 했다며, 넌?"

"네."

"수상해. 암튼, 옛다, 이번 성적표다. 엄마 모시고 한 번 와라."

으응? 뭔 소리지? 엄마는 또 왜? 바들바들 떨리는 손으로 손바닥만 한 성적표를 조심조심 열어 보는데, 야-아, 이거 실화냐? 이거 진심 내 성적 맞아? 그날은 종일 교실에서, 복도에서, 수업마다, 쉬는 시간마다 단연 화제의 중심이 온통 우리 넷뿐이었다. 학교가 반쯤 뒤집어졌다.

호영이랑 바게트는 집에 득달같이 전화를 했다. 쉬는 시간마다 사방에서 우리 반 교실로 몰려와 나를 보고 지들끼리 수군댔다. 고터 역시 비슷한 상황이었다. 참, 새 학기가 되니 아이들이 고터를 무서워하지 않게 된 것도 신선했다. 하지만 시험 치고 지난 며칠 동안 고터, 아니 개터는 여기저기 자기보다 큰 애들한테 불려갔다 오기를 무수히 반복했다. 그럴 때마다 얼굴 여기저기 피멍이며 생채기가 나곤 했다.

우린 속이 좀 상했지만 꾹 참고 지켜보기로 했다. 저게 바로 우리 수준의 해결 과제, 각자의 카르마란 것일 테니까.

지난 한 달, 시험을 준비하는 과정에서 나는 서서히 달라지는 스스로를 느꼈다. 내 안에서 뭔가 알 수 없는 힘이 조금씩 자라는 게 감지되었달까. 그동안은 내가 특별한 걸 보고 듣는 일, 내가 남들과 다르다고 기를 쓰고 주장하던 일, 내가 나로부터 세상을 아예 감금시킨 일, 그런 것들로 버텨 왔던 것 같다. 하지만 이번엔 달랐다. 최대한 남들과 같아지려 노력했던 한 달이었다.

그랬더니 젤 먼저 정체 모를 두려움이 확 줄어들었다. 앞으론 이제 여기가 어디든 거기가 어떻든, 별 상관이 없을 것 같았다. 그래 좋아, 그저 비마랑 날탄 말대로 단단한 줏대랑 심지 하나만으로 내가 진짜 독고스럽게 우뚝 설 수만 있다면, 언제 어디서 누구랑 뭘 하든 누구랑 있든 없든 그게 뭐 대수겠어? 그렇죠, 엄마, 그리고 아빠?

하교 시간이 다가올수록 우리들 모두의 신발에 작은 날개가 돋아난 것 같았다. 쌈룡의 쌤들한테 엄청 자랑도 할 작정이었고 간만에 3층에서 밤새 놀 예정이었다. 날탄이 성적 잘 받아 오면 카이막이랑 주머니 빵을 양껏 먹여 주겠단 약속도 했겠다, 기대에 부풀고 한껏 들떠 막 교실을 빠져나가려던 참이었다.

"야, 니들 다 국어가 불러!"

반장이었다.

"국어? 국어 쌤이 왜?"

"암튼, 교무실로 오래."

잠시 서서 눈을 감고 숨을 깊게 쉬어 본다. 아, 나쁜 일은 아닐 거야. 근데 국어 쌤이 왜? 우린 우우 교무실로 달려갔다. 교무실 대충 찍고 빨리 쌈룡에 가고 싶은 마음이 한결같았다.

"야아아, 두 달 동안 대체 뭔 일이 있었던 거니? 짜식들, 흐흐흐."

알고 보니 전교생의 호구, 국어 쌤의 빅 오지랖이었다. 쌤은 우리 넷을 교무실로 죄 부르더니 있는 힘껏 칭찬을 다른 쌤들 보란 듯 멋지게 시전해 주셨다. 살다 보니 학교에서 이런 대접도 다 받는다. 고마웠다.

"너무너무 대견하다. 이렇게 성적이 친구끼리 팍 치고 오른 거 나 이 학교 와서 첨 봤다."

교무실 안의 여러 선생님들, 그러니까 사실 우리 넷을 그리 좋아했을 리가 없던 많은 쌤들이 귀를 다 쫑긋하고 신경을 온통 이리로 모으는 게 다 보였다. 국어 쌤은 계속 우릴 우쭈쭈 하시더니만 가까이 앉히고 양갱도 주고 믹스커피도 타 주며 각자에게 줄 권장 도서 목록을 주섬주섬 챙기신다. 그때였다. 어디선가 은은한 풀향기에 플로랄 향까지 나더니 음악 쌤이 직접 강림하셨다.

아, 학교에 천사가 딱 하나 산다면 음악 쌤일 거다. 나도 저 쌤 시간엔 한 번도 안 졸았다. 클래식만이 아니다. 월드 뮤직에 크로스 오버, 가요며 국악도 두루 가르쳐 주고 맘껏 즐기라는 깨인 분이다. 작년 여름방학 땐 뮤지컬 동아리도 만들자 하셨지. 무지 재밌을 거라며 이름하여 〈공포의 꽃가게〉란 걸 연습하자 하셨다. 학원 간다고 애들이 슬슬 빠져서 쌤이랑 나랑 고터 시절의 개터, 셋만 남은 끔찍한 기억이 있다.

"소문 듣고 왔어. 축하해 정말."

쌤은 나붓나붓 우리 가까이 다가와서 한 사람씩 어깨를 톡톡 치며 뭔가 하나씩 건네줬다. 와-오, 학교 앞 편의점에서 젤 비싼 초콜릿이다.

"쌤도 진짜 멋지세요. 애들 이렇게 하나하나 자상하게 챙겨 주시고."

음악 쌤의 한 마디에 순간 국어 쌤이 창백하게 굳어졌다. 고요하던 교무실 안은 난리가 났다. 박수를 치질 않나, 휘파람을 불질 않나 아주 주책들이시다, 진짜. 다들 웃으니 암튼 좋았다. 나도 따라 실실 웃었다. 그런데, 호사다마? 옛말 하나 틀린 게 없다는 소리, 나 진짜 싫어하는데, 그 타이밍에 누군가 쓱 들어왔다. 백퍼 뒤통수 내지 급습 분위기다. 역시, 간자였다. 녀석이 장기결석 끝에 불쑥 교무실에 나타난 거다. 이번 평가 시험도 아예 제쳤다던데.

3

"애들, 시험지 훔쳤어요. 지들 실력 아니에요."

간자는 교무실로 들어와 우린 본척만척 다른 쌤들한테도 안하무인, 교감 너구리 앞으로 짠, 가서 서더니 그렇게 말했다. 그러면서 녀석답지 않게 두 손으로 공손히 교감한테 가슴에 품고 있던 서류 봉투를 하나 내민다. 불길했다. 너구리는 평소 동춘과 돈독한 친분이 있다고 들었다.

교감이 알 수 없는 표정으로 뚱하니 봉투를 열어 크게 확대된 사진들을 꺼냈다. 가슴이 엄청 벌렁거린다. 교무실 안은 숨 쉬는 소리까지 들릴 만큼 적막해졌다. 이윽고, 쓱, 삭, 척, 탁! 교감이 뭔가 확인할 동안 찜찜하기 이를 데 없는 정적이 계속 흐른다. 난 뭐라도 하고 싶어 두 눈을 질끈 감았다. '간자새끼, 간신새끼!' 그때였다.

"그럴 줄 알았어, 내 이 새끼들. 너네 이리 와 봐, 전부."

교감은 젤 큰 사진 하나를 높이 쥐고 다 보라는 듯, 다 들으라는 듯 소리치며 흔들어 댔다. 그리고 탁 우리 앞에 던져 놓았다. 그게 무슨 신호라도 되는 것처럼 선생들이 우 하고 몰려든다. 순간 우리 넷은 일제히 간자에게 먼저 달려갔다. 간자는 우릴 피해 교감 뒤로 숨어 버렸다. 웃고 있던 음악 쌤도 들떠 있던 국어 쌤도 경악과 충격의 표정을 지었다.

처음엔 무슨 사진인지 잘 안 보였다. 자세히 보니 우리 넷이 어둠 속에서 학교 건물을 맨손으로 타고 오르는 장면이었다. 동영상으로 촬영된 걸 캡처해서 현상한 걸로 보였다. 사진이 그리 선명하지 않았다.

"세상에, 이게 어떻게 가능하지?"

"스파이더맨이야, 뭐야?"

"감히 시험지를 훔쳐?"

교무실은 5층에 있고 시험지 보관함은 그 옆 금고에 있다. 우린 금고 열쇠도 없었는데 무슨 말도 안 되는 소린가.

오호라! 생각났다. 며칠 전 아이들 앞에서 파쿠르 시범을 보인 적이 있었다. 방학 때 뭘 해서 몸이 이렇게 핵근사해졌냐는 아이들 말에 우쭐했던 게 사실이었다. 우린 누구랄 것도 없이 일제히 날다람쥐들처럼 다다다다 맨손으로 5층까지 단숨에 올라갔었다.

누군가 아이들 틈에서 '교무실도 들어갈 수 있어?', 그랬던 것 같다. '시험지도 빼 오겠다, 창문만 안 잠겨 있으면. 맞지?' 그러자 바게트가 으쓱하며 '물론이지.' 하고 뻐겼던 것 같고. 하지만 우리가 파쿠르로 건물을 탈 땐 대낮이었다. 이건 분명 누군가 조작한 사진이었다.

간자는 그 와중에 씨-익 역겹게 웃고 있다. 교감은 우릴 죽일 듯 노려봤다. 젠장! 웅성웅성 선생님들이 동요했다, 특히 우리 넷의 담임들. 이런저런 막말이 튀어나왔다, 귀를 박박 씻고 싶을 만큼의.

우린 기가 막히고 코가 막혔지만 달리 대꾸할 말이 없었다. 가슴이 답답해진다. 몸에서 뭔가 또 튀어 나가려 하는 중이다. 불길했다. 하지만, 순간 저만치서 뭔가 산뜻한 파장이 파도처럼 출렁, 크게 일어났다. 처음 느끼는 허공의 무늬였달까. 그러자 간신히 숨이 쉬어진다.

"그만, 그만, 그만!"

국어 쌤이 모두에게 버럭, 꼭 세 번을 소리쳤다. 철썩, 철썩, 철썩, 파도에 포말 부서지는 소리같이 청량한 소리였다. 아주 시원했다. '진짜 뭐든 세 번이네.' 그 와중에도 난 그런 생각을 잠깐 했다. 국어 쌤은 뚜벅뚜벅 위엄 있게 최대한 넓은 보폭으로 간자에게 바짝 다가갔다.

"유희곤, 너 원본 있어? 보여 줘."

단호한 국어 쌤의 한마디에 유희곤, 아니 자칭 간지, 타칭 간자는 입술을 파르르 떨었다. 갑자기 몸이 확 쪼그라들더니 머뭇대고 더듬대기 시작한다. 너구리 교감은 잠시 뭔가 생각하는 척 주위를 찬찬히 둘러봤다. 간자의 사진에서 국어 쌤한테로 모든 관심이 확 쏠려 버렸다. 나는 안도의 숨을 내쉬었다.

교감은 순간 너구리답게 간자를 제 몸 뒤에서 끌어내 마치 먹잇감 주듯 우리 앞으로 홱 던져 버렸다. 교무실엔 다시 고인 물 같은 정적이 찾아들었다.

선생들은 하나둘 슬슬 제자리로 돌아갈 채비를 한다. 가서 푹 고개 숙이고 입 닫고 앉아 있기만 하면 세상 누구도 건드리지 않는, 그 안온한 방공호 속으로 말이다. 그러나 국어 쌤은 고삐를 늦추지 않았다. 평소 뿔테 안경 끼고 호구로 위장한 영화 속 슈퍼맨 같았다.

"유희곤, 이런 건 원본이 있어야 증거로 쓰일 수 있지. 이게 어느 날 어느 밤인지, 교무실 쪽 건물인지, 그런 걸 다 사진 몇 장으로 어떻게 알 수 있지? 참고로 우리 학교 건물이 세 개 모두 똑같은 구조에 똑같은 층수인 건 알지? 업자들이 싸게 짓느라 판박이로 찍어 낸 건 여기 교감 쌤께서 젤 잘 아실 테고! 자, 어서 핸드폰 내놔. 아니면 이거 찍은 원본 가져올 때까지 아무도 쟤들 뭐라 못해요, 아셨죠?"

국어 쌤은 계속 또박또박 하나하나 짚어 나갔다. 평소에 좀 더듬던 말투가 완전히 바뀌었다.

"그리고 이런 건 다시 말하지만 날짜가 아주 중요하잖니? 게다가 평가 시험지는 테스트 직전 외부에서 오는 거라 정확한 도착 시간을 아무도 몰라. 일부러 비밀에 부쳐. 그런데 이번엔 당일 새벽에 도착했어, 훤히 동틀 무렵. 내가 당직이라 잘 알지."

"나도 쌤 말 증명할 수 있어. 내가 또 평가계잖니?"

음악 쌤의 우아한 지원사격. 국어 쌤은 다시 말을 좀 더듬기 시작한다.

"그, 그리고 마, 만약 재들이 시험지를 훔쳤다 해도 그걸 하나하나 풀어서 성적까지 올릴 시간적 여유가 전혀 없었어. 시험지 오, 온 게 동트고 난 다음이었다니까. 그런데 여기 이 사진 배경은 바, 밤이잖아."

그런데도 간자는 완전히 물러서지 않았다. 뭐가 또 있는 거지?

"그럼 이건요?"

녀석이 뒷주머니에서 핸드폰을 꺼내더니 갤러리를 열었다. 아마 쌈룡의 3층을 멀리서 찍었나 보다. 동춘이 최고급 망원경을 들고 우리 강의실을 자주 본다는 소문은 익히 들어 알고 있었다.

"쌈룡학원, 완전 비리 소굴이거든요!"

간자의 가장 큰 문제는 이제 보니 상식의 부족이었다. 귀신이 사진에 찍힐 리가 있니?

그러자 방공호에 얌전히 들어앉아 있던 쌤들이 다시 우 몰려와 앞다투어 간자의 핸드폰을 돌려 봤다. 그건 누가 봐도 참 이상한 사진이었다. 사진엔 쌈룡의 북유럽풍 실내 벽면과 달팽이 미끄럼틀, 그 옆에 끝없이 이어지는 나선형 계단, 예쁜 천체 장식들과 쌈룡의 명물 가지각색 해먹들만 계속 나왔다.

"세상에 문화웨딩홀이 언제 이렇게 변했대? 이거 진짜 학원 맞아?"

간자, 너 울 학원 홍보하러 나왔니?

"너 이제 그만 집에 가라. 유 회장은 학교에 한번 오시라 하고. 너, 자퇴한다며?"

너구리가 만사 귀찮다는 듯 내뱉었다.

"누가 그래요?"

"유 회장이."

"언제요?"

"지난주, 골프 치면서."

"또 뭐라 했어요?"

"다시 섬에 보낼 거라던데?"

간자 얼굴이 확 일그러지며 말했다.

"어어, 내가 분명 찍었는데? 엄청 좋은 망원렌즈로 아주 크게. 어어?"

그래도 끝까지 저 녀석이!

"희곤아, 이제 그만해. 아무도 네 이야기를 믿지 않아, 더 이상."

음악 쌤의 단호한 말로 모든 사태가 순식간에 정리되었다. 간자는 얼굴만큼이나 온몸이 확 쭈그러진 채 비칠비칠 교무실을 빠져나갔다. 다시 교무실엔 물 같은 정적이 흘렀다. 나는 점점 숨이 막혀 왔다.

호영이 나를 흘깃 보더니 소매를 잡고 얼른 끌고 나왔다. 개터랑 바게트도 재빨리 우리 뒤를 따랐다. 후우 후우, 하아 하아. 나는 간신히 숨을 몰아쉬었다. 그러면서 뒤를 잠깐 돌아봤다. 국어 쌤과 음악 쌤이 교무실 복도 창문으로 우릴 멍하니 바라보고 계셨다. 두 분 다 좀 쓸쓸한 표정이셨다.

"잠시만."

나는 다시 교무실로 들어갔다. 두 분 쌤에게 최대한 깊이 허리 숙여 인사를 드렸다. 기분이 이상했다. 한동안 두 쌤을 보지 못할 것 같은 느낌이었다. 음악 쌤은 말없이 다가와 내 어깨를 토닥였다. 국어 쌤은 갑자기 날 덥석 그러안았다. 그러면서 귀에 대고 조용히 속삭였다.

"걱정 마, 아무 일 없어. 우린 너희 믿어."

"고맙습니다."

나도 쌤을 마주 꽉 안은 채 크게 고개를 끄덕였다. 학교란 데서 처음 받는 환대와 친절이었다. 심장이 박하 바른 듯 화아-했다.

12장

신성한 산, 데발라야

1

터벅터벅 걸어 들어온 쌈룽 로비는 아까 교무실만큼이나 적막했다. 의외였다. 뭐지? 우린 깜짝 놀라 로비에서 5층 강사 숙소까지 사방으로 쌤들을 찾아다녔다. 지난 두 달 동안 처음 있는 일이었다. 진짜 다사다난한 하루네!

"비마, 유디스, 날탄! 라다, 엄마, 엄마!"

목청껏 불러댔지만 아무 답이 없었다.

"아, 음파를 쓸걸."

우린 입을 닫고 잠시 눈을 감았다. 바로 뭔가 신호가 잡혔다. 옥상 쪽이었다. 이상하다. 아까 봤을 땐 분명 텅 비었었는데. 붉은 모래밭도 싹 다 사라지고. 그때였다.

"애들아, 여기야!"

"아아."

엄청나게 크고 하얀 뭉게구름이 옥상 전체를 뒤덮고 있었다. 순간 모두의 혼줄이 마치 전선이 연결되는 것처럼 턱턱턱 허공에서 순식간에 이어지더니 동시다중의 음파 소통이 시작되었다. 누가 먼저랄 것도 없이 구름 속으로 뛰어 들어갔다. 절반쯤 돼 보이는 3층 친구들과 가이더들이 한데 모여 있었다.

"뭐예요! 놀랐잖아요!"

"깜짝 쇼예요?"

"아미, 전국 3등 한 거 알고 이러는 거예요?"

아니었다. 비마가 몹시 당황한 얼굴로 며칠 전 내게 보여 준 쿠키 포장지를 펄럭이고 있었다.

"시간이 없다. 빨리 가야 해. 초고속 구름으로 제조하느라 다들 경황이 없었다."

"그래도 그렇지, 미리 음파라도 보냈어야지요."

"놀랐니? 미안해. 요즘 학교 부근은 그레이들이 기승이라."

유디스였다.

"그런데 갑자기 어디로 가는 거예요?"

"설산 마을 쪽 빙하들이 아주 빠른 속도로 녹고 있어"

"늦기 전에 네 아빠도 만나 봐야지."

"지금 당장 설산엘 간다고요?"

"저 속도로 빙하며 빙벽들이 녹으면 아빠가 남긴 표지들이 다 사라지고 말아."

"그럼 아무리 급해도 거기부터 가요, 유디스!"

심장이 세차게 뛰기 시작했다. 아빠, 아빠? 아빠한테 간다!

"그냥 지금 이대로 가는 거예요? 그래도 돼요? 뭐 챙길 거 없어요?"

"아무것도 필요 없다. 아주 잠깐이면 된다."

"근데 왜 그렇게들 어깨가 축 처졌냐?"

그러자 너도나도 앞다투어 각자의 시험 결과와 거기 소금 뿌린 간자 이야길 전했다.

"그러게, 잘난 척하라고 가르친 게 아닌데 말이다. 왜 파쿠르 실력을 애들 앞에서 함부로 자랑했지? 따라 하다 애들이 다치기라도 하면 어쩌려고?"

날탄은 일단 우릴 먼저 나무랐다. 구구절절 맞는 말이다.

"죄송해요, 날탄."

"간자도 큰일이다, 앞으로."

"학교도 장결이라 퇴학 처리 될 것 같아요."

"집에서도 맨날 골프채로 맞는댔어."

"그럼 동춘으로 가려나?"

"결국 국어 쌤 때문에 실패했잖아. 우리 성적 갑자기 오른 거 초 치려고 그런 건데. 그거 알려지면 여름 특강 동춘이 다

못 먹을 거 아냐! 간자는 역적이 된 셈이지 도리어."

"진짜 그 아이는 이제 아무 데도 갈 데가 없겠네."

날탄이 혀를 차며 혼잣말을 했다. 간자야 그러거나 말거나 그보다 설산에 지금 당장 간다는 것, 것도 비마가 만든 하얀 거인같이 뭉실하고 커다란데 몹시 귀여운 구름에 둥실둥실 실려 간다는 것, 그 모든 게 내 마음을 온통 빼앗았다.

"우리 진짜 설산으로 가는 거죠?"

"그래, 가야지. 아빠에 대해 더 늦기 전에 보여 줄 것도 있어."

"3층 친구들도 같이 가요?"

"3층 아이들 중 원하는 일부만 가는 거란다. 이미 3층은 비워졌어. 너희끼리 감당하긴 벅찬 장소니까."

서운했다. 인사도 제대로 못 했는데. 그런데 우리끼리 감당이라니? 그건 또 무슨 말이지?

"가끔 꿈길 따라 3층 친구들이 찾아올 거야. 그때 재미있게 놀아라. 귀중한 인연들이다, 모두."

구름에 탄 일부 3층 친구들과 우린 서로 어울려 공중돌기 파쿠르도 해 보고 수다도 떨고 같이 노래도 불렀다. 그러는 사이 비마의 구름을 타고 가는 건 비행기를 타는 것과는 아예 차원이 다른 이동임을 알게 되었다. 그저 숨을 몇 번 쉰 것만 같았을 뿐인데 순식간에 색다른 풍경이 펼쳐졌다.

"얘들아, 저기 좀 봐. 세상에!"

우린 모두 절로 입이 딱 벌어졌다. 광활한 눈과 얼음의 산들이 가로로 끝없이 길게 펼쳐져 있었다. 까마득한 아래쪽에는 깊은 흙빛에서부터 사방으로 점점이 퍼져 나가는 초록과 붉은빛의 언덕, 크고 작은 구릉들, 그리고 눈부시게 하얀 얼음산의 봉우리와 깎아지른 절벽들이 잇달아 끝없이 늘어서 있었다.

짙푸른 바다와 강물에서 불쑥 솟아나 기다란 띠처럼 둘러진 모든 산맥의 뒤쪽은 평평하고 드넓은 땅덩이들이 펼쳐졌고 산맥 앞으론 울퉁불퉁 높낮이가 제각각인 여러 대륙, 여러 나라들이 마치 체스판처럼 구획 지어져 있었다. 서서히 목표 지점에 다다른 듯했다.

무수한 산맥들과 무수한 산들 가운데 결코 뒤지지 않을 높이의 가파른 산 하나가 점점 우리 앞으로 크게 다가왔다. 그 가파른 산봉우리 부근에선 신비스러울 만큼 하얀 구름안개가 피어오르고 있었다. 물고기 꼬리처럼 생긴 기묘한 바위산 꼭대기였다.

"여긴 어디에요?"

"신성한 신들의 거처란다. 안나푸르나, 물고기 꼬리 산, 인간은 감히 한 번도 들어간 적 없는 곳이지. 저기 저 산맥들 너머 시바 신의 수정 궁전, 카일라스처럼 말이다."

"자, 이제 내려간다."

이윽고 우리가 올라탄 구름 바로 아래 세상 젤로 평화롭고 깨끗한 마을이 보이기 시작했다. 마을 주변은 온통 눈 덮인 산이었는데 하얀 산들이 마치 초록 마을을 두 손으로 폭 감싸고 있는 모양새였다. 비마의 구름은 마을 바짝 아래까지 내려가 우리 모두에게 마을을 더 자세히 보여 주었다.

자금자금한 집들, 소탈한 사원들, 그 모든 담벼락마다엔 부드러운 청록색과 분홍색 만다라들이 깜찍하게 그려져 있었다. 비옥한 붉은 흙이 드러난 둔덕마다 색색 가지 들꽃과 풀들이 빼곡히 자라 있었고, 소와 말과 양, 염소와 코끼리, 독수리와 참새가 서로 해치지 않고 오순도순 어울려 있었다.

마을 아이들의 뺨은 고양이와 강아지, 닭과 거위 들을 쫓아다니느라 발그레 물들어 있었다. 구수한 두부구이 냄새, 버터차 향기가 여기까지 풍겼다. 마을을 둘러싼 높은 산비탈마다 누렇고 파란 곡식들이 층층이 줄지어 자라고 있었다. 간혹 꿈에서나 볼 수 있던 단란한 마을 풍경이었다.

"아아, 너무 아름다워요."

"빨리 더 내려가 봐요. 난 저기 가서 그냥 살래요. 나 집에 안 갈래!"

모두가 함성을 지르고 폴짝거리고 난리들이었다. 그야말로 천국과도 같은 풍경이었다. 하지만 앞으로 여기서 지낼 이들은 따로 있었다. 우린 3층의 친구들과 드디어 작별 인사를 했다. 아이들은 신나서 마을 곳곳으로 스며들었다.

"저기가 바로 우리가 살던 마을이야, 또…."

"라다가 아미 아빠, 라비를 만난 곳이기도 하지."

유디스로부터 그 말들을 음파로 전해 듣는데 돌연 심장 부근이 아릿해졌다. 아빠와 점점 가까워지고 있는 게 틀림없었다. 이제 알겠다, 엄마가 그렇게 망원경 라비를 애지중지하던 까닭을. 아무래도 내가 좀 심각해 보였는지 비마가 툭 건드렸다.

"뭔가 맛난 것 좀 줄까?"

"으응?"

"잠시만."

비마가 잠시 사라졌다 다시 돌아왔다. 비마의 두 손 가득 하얀 벌집이 들려 있었다.

"와아, 이게 뭐에요?"

"우리에게 먼저 몫을 떼어 준 벌꿀이야. 무지 맛나. 구릉에 사는 사람들은 꿀을 얻을 때마다 목숨을 걸어야 해. 절벽 바로 아래 벌집이 숨어 있거든. 그들 구릉족들은 꿀을 얻기 전 항상 기도를 드리지. 또 자연으로부터 뭔가를 얻으면 젤 먼저 우리에게 일부를 떼어 주고. 우린 그럼 신들에게 그들의 마음을 바로 전하고. 그렇게 늘 살아왔어."

"마을에 나도 내려가 보고 싶어요. 아빤 대체 어디 있어요?"

"아, 그럴 새가 없어. 그만 가자."

순간 다시 이동이었다. 그림 속 꿈 같은 마을이 점점 아득해졌다. 이어 깎아지른 빙벽과 눈부신 설산이 구름 아래 끝없이 펼쳐졌다. 다시 아까의 물고기 꼬리가 시야에 보이기 시작했다. 시계라도 볼걸. 핸드폰을 꺼내니 화면이 완전 먹통이었다.

오래 소원하던 큰 산, 더 큰 산, 더더 큰 산을 지나고 있는데 기쁘다기보다 압도되어 나는 숨조차 쉴 수 없었다. 게다가 구름 밖 하늘이며 대기는 아까 마을에서와 천지 차이였다. 고도가 한없이 높아지고 있었다. 이내 더 날 선 봉우리와 은산철벽의 빙산지대가 끝없이 펼쳐졌다. 구름의 빛깔도 하늘의 빛깔도 모두 순식간에 비현실적으로 달라지기 시작했다.

세계의 지붕이란 곳은 바로 이런 데였다. 그냥 하얀 은빛이라고도, 무지개가 형형하다고도, 황금빛이 찬란하다고도 아니, 다, 모두 아니었다. 그 뭐라고도 절대 형언할 수 없었다. 그냥 숨이 멎고 무릎이 절로 꺾이고 눈물이 푹 터져 나오는 그런 장관이었다.

이 산들 하나하나가 바로 신들의 모습인 걸까? 맞다. 그런 것 같았다. 그 외에 달리 이 산들을 부를 이름이 도무지 따로 있을 것 같지 않았다.

2

"아미, 히말라야는 흰 눈이 있는 장소란 뜻이야. 하지만 다른 이름이 있어."

"알아요. 언젠가 엄마가 가르쳐 줬어요, 데발라야."

"그래 맞아. 데발라야는 데바, 곧 신들이 사는 곳이란다."

"그리고 지금 거기 아빠가 계셔."

"여기다."

비마가 손으로 가리킨 깎아지른 빙벽들 중 하나, 그 바로 앞에 열 명 남짓 앉을 수 있는 바위가 있었다. 그 위로 우리는 차례차례 내려섰다. 둥근 알처럼 따스한 오라가 우리를 하나 하나 감싸고 있어 추위는 전혀 느껴지지 않았다. 유디스가 바위 위에 앉아 먼저 눈을 감고 명상을 시작했다. 모두 유디스를 따라서 눈을 감고 둥글게 둘러앉아 적정에 잠겼다. 혼자 했을 때보다 금방 눈앞이 환해지고 은은한 피리 소리가 바로 들리기 시작했다.

그렇게 얼마나 지났을까. 우리들 머리 위로 차가운 눈송이가 하나둘 느껴지더니 이내 주먹만 한 눈송이가 세차게 퍼붓기 시작했다. 저절로 눈이 떠졌다. 가이더들은 어느새 모두 명상에서 깨어나 빙벽을 향해 돌아앉아 있었다. 우리도 그들이 보는 방향으로 몸을 돌렸다. 빙벽이 무슨 거대한 스크린 같았다.

"아미, 저기!"

흩날리는 눈송이 사이사이 빙벽이 점점 투명하게 빛나기 시작했다, 깎아지른 듯한 얼음벽 안이 훤히 다 들여다보이도록. 빙벽 안에는 낡고 커다란 배낭과 금속이 박힌 신발, 털 달린 모자 등이 가지런히 놓여 있었고 그 물건들 주위로 환하게 불빛이 하나둘 집중적으로 켜지기 시작했다.

그리고 오래전 일들이 영화의 한 장면처럼 천천히 하나하나 또렷이 보이기 시작했다. 나도 모르게 두 팔을 교차해 뜨겁게 뛰고 있는 가슴을 꽉 부여안았다. 심장이 곧 터져 버릴 것만 같았다.

누가 말해 주지 않아도 그건 아빠의 마지막 모습이었다. 아빠가 묵묵히 앞장서 걸어가고 있었다. 많은 사람들이 그 뒤를 따른다. 수백 명도 넘는 것 같았다. 갑자기 희끗희끗 눈발이 날리기 시작했다. 지금처럼 한 치 앞도 보이지 않는 하늘, 흰 눈발이 더더욱 세차게 퍼붓기 시작했다.

사방이 순간 칠흑같이 어두워졌다. 쿠르릉 쿠르릉 쿠르릉. 거대한 산맥이 다 함께 울부짖는 소리와 함께 돌연 어마어마한, 숨 멎을 규모의 대규모 눈사태가 일어났다. 안에 얼음까지 품은 눈 덩어리들이 내달려 와 순식간에 사람들을 덮쳤다. 암전, 그리고 정적이었다. 빙벽 안에도, 지금 여기 빙벽 밖에도.

그렇게 모두가 까맣게 사라진 설산, 하나둘 사람들이 눈 속에서 꿈틀대기 시작했다. 그리고 저기, 아! 아빠가 다시 보인다. 아빠는 엉금엉금 기었다가 걸었다가 마침내 펄쩍펄쩍 뛰어다니며 사람들을 미친 듯 두드려 깨웠다. 단 한 사람도 포기하지 않으려는 것 같았다. 그렇게 일부를 안전한 곳으로 돌려보낸 후, 아빠는 다시 올라와 남은 사람들을 또 찾아다니기 시작했다. 마침내 기진맥진해서 쓰러진 아빠 위로 크고 무거운 흰 눈송이들이 순식간에 내리고 쌓여 덮쳤다.

해가 다시 떠올랐다. 날은 쨍 하니 맑아졌고 파란 하늘 위로 경비행기가, 캠프에서 구조대가 아빠를 찾으러 오는 모습이 보였다. 하지만 아빠의 흔적은 어디에도 없었다. 모두 넋이 나간 표정으로 바닥에 주저앉았다.

이윽고 빙벽의 화면엔 아빠가 사람들을 끝없이 구하던 장면부터 되감기처럼 다시 흘러나왔다. 아까보다 한참 느린 화면이었다. 그런데, 사람들 하나하나를 업고 끌고 부축하는 아빠의 몸에서 조금씩 뭔가 빛의 가루 같은 것이 퍼져 나오기 시작했다.

"아!"

엄마가 벌떡 일어나 탄성을 질렀다. 빙벽 속 아빠 물건들이 뿜어내는 아빠의 마지막 모습은 장엄했다. 아빠는 함께 간 사람 외에도 갑작스럽게 눈사태로 고립된 마을 사람, 다른 등정대, 여행객 등 셀 수 없이 많은 사람들을 하나하나 일으켜 세우기 시작했다. 서서히 빛의 몸이 되어 가면서 그들을 끝까지 구하는 중이었다.

아빠의 몸이 빛으로 점점 변할 때마다 아빠는 더 많은 사람들을 마음껏 업고 나르고 구조할 수 있었다. 아빠는 점점 더 작고 가벼워졌다. 전혀 중력을 받지 않는 빛의 입자가 되어 가는 중이었다.

"어흑!"

날탄이 빙벽 속으로 뛰어 들어가려는 엄마를 꽉 잡고 있었다. 비마는 어깨를 들썩이며 흐느끼고 있었다. 나는 입을 헤 벌린 채 엉뚱하게도 크고 무거운 설산의 눈을 한 송이 한 송이 받아먹었다. 크고 무겁고 차가운 눈송이가 혓바닥에 뭉텅뭉텅 들어찰 때마다 그걸 천천히 씹고 삼키고 맛보았다. 입속이 얼어붙을 것처럼 찼다. 하지만 그래야 했다. 그래야 잊지 않을 것 같았다. 언제까지나 영원히 이 모든 장면 하나하나를.

"사람들이 아빠가 그냥 사라졌다고 하는 건…. 빛의 몸이 되어 빙벽 안으로 스며 들어갔단 말이겠지?"

"맞아. 그리고 아빤 그 모든 걸 스스로 결정한 거야."

빛이 되어 자유로운 몸이 된 아빠, 모든 감각이 새로 작동되기 시작한 라비, 나의 아빠는 빙벽 바로 너머 마을들이 곧 홍수에 휩쓸려 갈 걸 알게 되었다. 그래서 지난 15년간 비마와 유디스, 날탄은 라비와 함께 빙하가 녹아 사라질 마을을 일일이 찾아다니며 사람들을 피신시키고 다시 안전한 곳에 새로운 마을들을 재건했다.

"그 사이 설산 주변엔 큰 지진이 났고 홍수가 덮쳤고 마을이 송두리째 사라지곤 했지. 무엇보다 우린 물고기 꼬리 산, 빙하 바로 아랫마을 일곱 사원들을 꼭 지켜야 했단다. 거긴 정말 인류에게 꼭 필요한 비밀문서들이 아주 많이 보관돼 있거든."

"어떻게 그게 몇 사람만으로 다 가능해요?"

호영이 놀란 눈으로 물었다.

"나 말고 다른 생명을 구하려다 그 간절함으로 빛이 되어버린 존재들은, 커다란 도시 하나를 통째로 구할 수 있는 포스가 자라나고 또 주어지지."

"그래서야, 우리가 라다와 널 데리러 온 건. 이제 가자. 진짜 서둘러야 해."

"어디로요?"

울음이 잦아든 비마가 담담하게 말했다.

"아빠한테로!"

"마지막 사원이 있는 설산 마을이 점점 빠르게 가라앉고 있다고, 빨리 와서 도와 달라고 오늘 아침 신호를 보낸 게 바로 라비, 네 아빠였어."

3

"선명하게 보이진 않았어도 다 느끼는 줄 알았지. 언젠가 데리러 올 것도 다 알고 기다리는 줄 았았지. 이렇게 힘들어하고 있을 줄 알았더라면 진작 같이 가자고 할 것을. 정말 미안해."

아빠가 십수 년 만에 다시 만난 엄마를 부드럽게 토닥이며 말했다.

"산 아래랑 산 위랑은 다르잖아. 주파수가 다르고 그레이들도 훨씬 많고. 살아 봐서 다 알면서."

"바삐 일하다 보면 까맣게 잊게 돼. 내가 산 아래서 누구였는지 뭘 했는지도."

"이해는 해도 너무 힘들었어."

"그 반지를 여전히 끼고 있군."

"이걸 어떻게 빼. 아미한테도 안 준 걸."

"이제 언제까지나 같이할 거지? 시간이 정말 별로 없어. 마지막 빙하마저 녹으면 홍수나 가뭄이 문제가 아니야."

"알아. 전염병 차례인 거지. 그럼 우리 아미는 어떻게 해?"

반복되는 꿈마다 보았던 머리 긴 남자, 날 보고 환하게 웃던 그 해맑은 남자는 역시 아빠가 맞았다. 아빠는 지상에서의 마지막 그 새벽의 모습으로 엄마와 내 앞에 잠시 나타났다. 비록 빛으로 만들어진 임시의 몸이었지만 그의 품은 따뜻하고 넓었다. 아주 두텁고 커다란 이불 속에 폭 싸여 있는 것 같았다. 평화롭고 안온했다.

우리 셋이 해후한 곳은 아빠가 한창 일하고 있던 마지막 일곱 번째 사원 안이었다. 아빠가 도시 하나를 구할 포스를 지녔다면, 엄마는 그 전 단계의 힘을 쓸 수 있다고 했다. 전 세계의 빙하가 녹는 속도가 무섭게 빨라지고 있었다. 히말라야 등정도 날로 위태로웠다. 하지만 설산 아래 사람들은 산에서 나오는 수입을 포기할 수 없었기에 앞으로 예견되는 인명 사고는 더 심각해질 것이었다. 무엇보다 설산의 빙하가 녹으면 수만 년 동안 땅속에 얼어 있던 고대의 변종 바이러스들이 세계 곳곳으로 퍼져 나갈지 모른단다. 그건 정말이지 끔찍한 일이 될 거라고 했다.

"그래서 엄마가 급하게 필요해? 우리 셋이 영원히 행복하게 사는 건 없는 거야, 이제 다신?"

나는 잠시 응석을 부렸다. 아빤 활짝 웃으며 날 더 꽉 안아 주었다, 숨도 쉴 수 없을 만큼.

"이렇게 세상을 구하며 사는 게 가장 행복하단 걸, 실은 이렇게 살려고 모두가 태어났단 걸, 언젠가 우리 아미도 꼭 알게 될 거야!"

"언제?"

"네 포스가 더 자라면."

"얼마큼?"

"저기 저 물고기 꼬리 산만큼?"

"히잉."

그러는 사이, 엄마도 점점 아까 빙벽 속의 아빠처럼 엷어지고 작아지기 시작했다. 그러더니 바로 내 눈앞에서 아빠처럼 반짝반짝 무수히 많은 빛의 가루들로 변하고 있었다. 보통의 경우라면 소스라쳐 놀라 엉엉 울어야 할 판이었다. 그런데 엄마만이 아니었다. 유디스도 날탄도 비마도 모두 그렇게 빛의 몸이 되어 가고 있었다.

그건 흔히 말하는 죽음과 아예 달랐다. 잠시 우리랑 비슷한 옷을 입고 있다가 그저 또 자연스레 벗은 것 같았다. 라다, 이건 나의 엄마만 처음 겪는 변성의 과정이었는지 그들과는 뭔가 달라 보였다.

엄마는 물끄러미, 한동안 나를 구슬픈 눈으로 바라봤다. 엄마의 마지막 모습은 노을처럼 장엄하고 아름다웠다. 이어 별처럼 반짝이는 두 눈에서는 하염없이 뜨거운 눈물이 흘러내리고 있었다. 그러는 와중에도 엄마는 점점 더 크고 환한 빛의 몸이 되어 가는 중이었다.

아무도 엄마의 변성을 말릴 수 없을 듯했다, 심지어 나조차도. 이제 팔꿈치 아래만 간신히 남은 엄마가 내게 마지막으로 두 손을 간절히 내밀었다. 가이더들은 그런 우리 둘을 묵묵히 지켜봤다. 엄마가 내민 손을 덥석 잡기 전에 나는 잠시 생각에 잠겼다. 마음이 복잡했다.

4

한 시간도 채 안 지난 듯한데 나중에 보니 지상의 시간과 히말라야, 아니 데발라야의 시간은 완전히 다르게 흘러가고 있었다. 한나절 소풍 갈던 구름 여행을 마치고 돌아왔을 때 은내중학교는 벌써 여름방학이었다. 학교에선 우리가 몽땅 자퇴를 한 줄로 알았다.

엄마가 떠나기 전 우리 넷이 긴 여행을 간다고, 다녀와 여름방학부터는 새로 출발하는 쌈룡 아카데미를 다니는 걸로 아이들 각자의 부모들에게 전하고 왔단다. 모두 놀랐지만 기쁜 표정으로 자퇴서를 내기로 약속했다고 전했다. 이제 쌈룡이라면 무조건 믿는 경지에 오른 듯했다.

시험 성적이 부쩍 오른 게 가족들에겐 그렇게 중요한 일이었던 것. '성적이 좋아야 사람들이 내 말을 믿어.' 호영, 간자, 개터의 말이 정녕 사실이었다. 마음이 진심으로 아팠다. 3층 친구들 생각에 더욱 그랬다.

우리가 없는 반년 동안 쌈룡은 거의 그대로였다. 다만 옥상에 온실이 생겼고 영자 씨가 그동안 사람들이 올 때마다 학원을 안내하고 다시 여름 특강을 예고하곤 했다. 영자 씨가 그렇게 홍보를 잘할 줄이야. 호영이의 비포/애프터 사진을 만들어서는 동춘장 일대에 뿌리고 다녔단다. 물론 호영이는 영자 씨랑 모종의 거래를 한 것 같았고. 우리가 사랑하는 해먹들과 나선형 계단들, 조립식, 이동식 강의실도 반짝반짝 윤이 났다. 모두 매일 한나절씩 쌈룡에 출근하다시피 한 영자 씨 덕이었다.

우리 소식이 퍼져 나가 학원을 찾는 학부모들도 부쩍 늘어났다고 한다. 국어 쌤과 음악 쌤의 흐뭇한 소식도 들려왔다. 어쩌면 두 분이 우리 학원에 합류할지도 모르겠다. 그만큼 자주 찾아오셨단다.

그랬다. 쌈룡의 존재가 있는 여긴 이제 더 이상 동춘의 이악스러운 학원 타운만이 아니었다. 모두가 올 수 있고 모두가 함께 공부하는 진짜 종합 아카데미아가 될 가능성이 엿보이고 있었다. 시작은 실수였지만 그 실수도 결과적으론 필연이었다. 잘못 탄 기차가 목적지까지 안내하기도 한다, 마치 인도의 속담처럼.

우리 안에 있는 혼란과 절망을 사랑과 우정의 열매로 바꾼 힘이 어느 날 모두에게 선물처럼 찾아온 것이다. 그런데 사실 그 힘은 늘 우리 곁에 원래부터 있던 거였다. 늘 기꺼이 사용 당할 준비가 되어 있는 무한한 생명 에너지였다. 손만 뻗으면, 마음만 먹으면, 함께 한 걸음 찾아 나서기만 한다면.

구름 여행을 마친 우린 정말 많이 달라졌다. 나는 그때 엄마가 내민 손을 결국 잡지 않았다. 다시 지상으로 돌아오기를 내 스스로 선택했다. 마을 아래서 기다리던 세 친구들은 내가 다시 나타나자 깜짝 반기며 얼싸안았다.

"다신 못 보는 줄 알았잖아!"

나도 그들과 진심 어린 포옹을 했다. 우린 그동안 서로가 서로에게 너무 귀한 존재가 되었다. 하지만 비마가 데려다주는 구름 위에 올랐을 땐 엄마 아빠가 있는 물고기 꼬리 산 빙벽 아래 일곱 번째 사원 방향을 제대로 바라볼 수 없었다. 아무리 눈을 부릅뜨고 하늘을 올려보아도 눈물이 폭포수처럼 흘러내렸다, 비마가 멀뚱히 서서 잠시 출발을 미뤘을 만큼.

"다시 생각해. 우리랑 여기 언제까지나 있어도 좋아, 아미! 그럼 난 진짜 너무 기쁠 거야."

"아니요. 전 돌아가야 할 것 같아요."

"왜? 엄마 아빠랑 우리, 모두 보고 싶지 않겠어? 너도 멋진 사원지기 구르카가 되고 싶지 않아? 마음대로 변할 수도 있고 구름도 양껏 불러 타고 돌아다닐 수 있구먼?"

잠시 마음이 흔들렸다. 하지만 결심한 대로 나는 비마에게 말했다.

"아니, 그럼 쌈룡은 대체 누가 지켜요?"

그러자 갑자기 비마가 엄청나게 커졌다, 도로 예전의 모습을 완전히 되찾을 만큼.

"왜 그래요, 비마? 어떻게 된 거예요?"

"아미! 기쁜 일이야! 방금 네 포스가 엄청 커졌거든, 껄껄껄."

그때 우리를 배웅해 주려는지 빛의 몸이 된 유디스와 날탄이 구름 속으로 쓱 들어왔다.

"라다는 바빠. 바로 라비와 함께 일을 시작했어. 일곱 번째 사원 아래 마을은 아이들이 유난히 많아 서둘러 대피시켜야 하거든."

엄마를 찾는 내 눈길을 금세 읽고는 그들이 그렇게 말해주었다.

"이제 헤어지면 언제 다시 만나죠?"

완전한 빛으로 변한 날탄을 보자 나는 마음이 너무 아파 심장이 도리어 딱딱해져 버렸다.

"항상."

"칫, 구라치지 마세요."

호영과 바게트는 벌써 두 눈이 붉게 부풀어 올랐다.

"사람들은 가장 가까이 있는 가장 단순한 진리를 정말 모르더라. 파랑새 우화는 늘 유효하단다. 우린 너희들 가슴에 있다. 내 안에 너 있고, 네 안에 나 있는 거다, 영원히."

"쳇."

"사실이야. 너희가 그 진실을 사실로 믿기만 하면 우린 바로 너희 옆에 항상 있게 된단다."

"알았지? 우린 늘 너희를 지켜보고 있을 거다. 마치 매일 아침 쌍방향 텔레비전을 켜듯이 말이다."

"유디스, 날탄, 그런데 궁금한 게 있어요."

계속 진지하게 입을 꾹 닫고 있던 개터, 동석의 물음이었다.

"말하렴."

"설산이 왜 그렇게 중요하죠?"

"아미야, 히말라야는 곧?"

"데발라야!"

"그래, 데발라야는 신성한 장소, 지구 생명의 젖줄이다. 인류 생명의 모든 시작이고 정신과 종교, 문화, 삶의 이유와 의미는 거기서 나와 온 세계로 퍼져 나갔다. 지금은 너희들이 이해하기 어렵겠지만 우린 모두 거기서 태어났고 언젠간 거기로 다시 돌아갈 거다."

순식간에 쌈룽의 옥상이 내려다보였다. 모두 눈시울이 촉촉해졌다. 이제 정말 기약 없는 이별의 순간이 다가왔다.

"언젠가 꼭 너희를 데리러 올 거야. 우리 믿지?"

셋이 하나로 띄워 보내는 음파가 갑자기 파도처럼 출렁, 일어나 우릴 휘청, 하게 만들었다. 그러자 모두의 마음은 푸른 별빛처럼 차갑고 영롱하게 고요해졌다.

"나도 궁금한 게 있어요, 유디스."

"말하렴."

"누가 제일 쎈캐예요, 셋 중에서? 그냥 나이순이에요?"

울음이 멈추지 않던 호영이도 다시 농담을 던질 만큼 여유를 되찾았다.

"음, 굳이 그런 게 있어야 한다면 우리 중엔 날탄이 제일 세지, 포스가. 물론 나이도 그렇고."

"흐-억! 말도 안 돼."

"왜 그렇게 생각하니?"

"날탄이 제일 막내들이 하는 허드렛일만 했잖아요. 종일 몸 쓰고 서류 일 하고 심부름하고 온갖 궂은일 다 하고 새벽부터 우리랑 파쿠르 하고 쉴 틈이 없었잖아요. 가끔 날탄이 유디스랑 노예계약한 게 아닌가 걱정도 했어요, 전."

유디스와 날탄, 비마가 호영의 말에 빙긋, 동시에 웃었다. 그러더니, 서서히 낙하 중이던 비마의 구름 전체에 오렌지 향이 가득했다. 귓전에는 예쁜 구슬들의 차르륵차르륵 소리가 청아했다. 그리고 우리 눈앞에 어느 지고의 존재가 엄청난 빛에 둘러싸여 눈부시게 나타났다.

날탄이었다!

두 손에 예쁜 분홍 꽃 여러 송이를 들고서, 처음 보았을 때처럼 머리를 한가득 말아 위로 틀어 올리고서, 몸은 시스루 스타일로 된 여러 겹의 투명한 비단 같은 것으로 감싼 채. 그 존재는 세상에서 젤 우아하고 자비로운 미소를 은은히 짓고 있었다. 보기만 해도 모든 사람들이 저절로 엎드려 경의를 표하게 만드는 엄청난 포스가 뿜어져 나왔다. 그리고 그 존재의 두 발 아래엔 분명 비마로 보이는 커다랗고 엄청난 이빨의 붉은 악어가 엎드려 날탄을 받치고 있었다. 한편 유디스는 하얗고 커다란 새였다. 두 날개를 활짝 펴니 그때 옥상에서 은주를 태울 때 보였던 진회색 반점들마저 완전히 사라진 새하얀 백조가 되어 있었다.

영혼의 안내자, 우리 내면의 가이더들은 그렇게 잠시 환상적인 모습을 우리에게 짠, 보여 준 다음 순식간에 푸른빛의 고리가 되어 멀리 사라졌다. 그들이 사라진 하늘 뒤로 세 마리 용의 구름들이 정교한 삼각 편대를 이루어 우리를 옥상까지 안전하게 내려 주고 떠나갔다.

에필로그

"독고 아미, 널 만나서 난 정말 즐거웠어. 이제부터 네가 혼자 수련하고 실험할 교본을 하나 줄게."

설산에서 돌아온 첫날, 날탄이 얇고 작은 책 한 권을 내 손에 쥐어 주는 꿈을 꿨다. 깨어 보니 책은 그대로 내 손에 들려 있었다.

"꿈과 현실 사이의 막은 우리에겐 아주 얇단다."

"알아요, 그래서 난 이제 이런 일들, 하나도 놀랍지 않죠."

날탄이 꿈에 나타나 손에 쥐어 주고 간 책의 제목은 〈구름 사용법〉.

그리하여 드디어 내일은 내가 처음으로 스스로 체공 시간과 활공 방법을 주체적으로 결정하여 하나하나 순서대로, 더 이상 놀라 나뒹굴지 않고, 다시 합체하는 일 없이, 우아하고 힘차게 날았던 첫날이었다, 마치 한 마리 알바트로스처럼.

우리는 잘 지낸다, 비록 세계는 빠른 속도로 무너지는 중이지만. 우린 스스로 기모스 아카데미아를 하나씩 만들어 나가는 중이다.

1. 학원은 학교에서 미처 할 수 없는 민간, 작은 마을이나 소도시 차원의 교육을 실현해야 합니다.
2. 서희는 기모스 아카데미아의 정신을 살려 신체부터 영혼까지, 지상에서 천상으로, 존재의 근본적인 혁신과 변성을 추구하는 영성 대안학원입니다.
3. 예술과 과학은 쌈룡 아카데미의 양대 축입니다.
4. 세상을 지키고 구원할 수 없는 교육은 더 이상 교육이 아닌 비즈니스입니다.
5. 교육은 교육 전문가들이, 비즈니스는 기업가에게!
6. 성별, 학력, 나이, 인종, 국적은 교육자와 피교육자의 조건이 될 수 없습니다. 인격과 풍부한 경험, 위기해결 능력만이 쌈룡인이 될 자격입니다.

강사와 학생 모집, 서두르세요!

모두 쉴 새 없이 밤새 쌈을 하면서 1년 만에 맞는 2016년 겨울 특강의 홍보지를 만드는 중이었다. 영자 씨가 호영이, 그리고 놀랍게도 간자의 손을 잡고 5층 다락방에 들어와 살기 시작한 건 지난가을 어느 비 오는 밤이었다. 호영의 청대로, 아니 모종의 거래대로 영자 씨는 호영아빠와의 지난한 삶을 정리하고 쌈룡에서 우리와 함께 지내기로 했다.

처음에 간자는 내 눈치를 심하게 봤다. 하지만 이번 한 번뿐이라는 개터의 간청을 차마 뿌리칠 수 없었다. 이게 바로 날탄이 전에 예고한 내 카르마겠지. 녀석에게선 하수구에서 나는 악취가 며칠 동안 빠지지 않았다. 그래도 다시 동춘에 안 간 게 어디냐? 호영도 바게트도 각각 간자를 받아들이는데 한 표씩을 던졌다.

버럭 올라오는 짜증을 누르고 있는데 며칠 후 간자의 엄마가 쌈룡에 찾아왔다. 아예 커다란 짐 가방을 몇 개 들고 역시 학원 5층으로 입주해 버렸다.

어른들이 점점 우리 등에 혹이 되어 올라타는 느낌이 강하게 들 무렵, 국어 쌤과 음악 쌤도 학교에 사표를 내고 쌈룡에 합류했다. 다행히 누구보다 재빠르고 민첩한 간자가 자청해서 새벽마다 어른들 파쿠르 훈련을 맡기로 했다.

"보세요. 앞으로 언제 어디서 건물이 와르르 무너질지 모른다고요. 정신 차리세요, 제발! 아, 어쩌지, 이 비루한 몸뚱이의 어르신들을?"

호영이랑 바게트는 1층에 동네 식당과 카페를 오픈했다. 머지않아 그곳은 뭔가 오묘하고 신비한 분위기가 난다며 동네 사람, 먼 데서 찾아온 손님들로 북적거리기 시작했다. 메뉴가 죄 피맛 주스, 신들의 점심, 유령들의 디너 파티, 뭐 그런 식이었으니 말이다.

나와 개터 동석은 십 대들의 기후안전권과 동식물보호권을 위한 비영리단체를 발족하기 위한 첫 삽을 오늘 떴다. 영자 씨네 옥상, 엄마의 별점집이 주요 거점이 될 예정이었다. 첫 사업은 이름하여 '톰 소여 프로젝트', 젤 먼저 우리가 추진할 기후안전권 사업의 네이밍이다. 서울의 옥상 모두를 설산의 빙하처럼 하얗게 칠하기. 그리고 마치 톰 소여의 동네 친구들처럼 너도나도 한 칠 두 칠, 절로 가담하고 싶어 죽겠을 쿨 루프 캠페인을 개터가 맡아 한창 재미나게 기획 중이다, 밴드랑 춤이랑 뮤지컬까지. 음악 선생님도 두 팔 걷고 본격적으로 함께하기 시작하셨다.

긴장감 넘치는 하루하루다. 망해 가는 우리 별을 구하는 사이사이 '천천히 서두르라'는 가이더들의 당부를 잊지 않으려 한다. 신나게 춤도 추고 맛있게 요리도 해 먹고 농사짓고 꽃 가꾸고 노래하고 자주 웃는다.

언젠가 분명 동춘 같은 자들이 여기저기서 도전장을 내밀겠지. 말도 안 되는 빌미로 우리를 트집 잡고 괴롭히겠지. 그럼 난 머리 위의 은줄을 스르렁스르렁 당겨서 신호를 보낼 거다. 그러면 빛보다 빨리, 수준 낮은 격투기와 파괴적인 무기로 저렴하게 그들을 제압하는 대신, 신성한 산에 사는 산사람들이 우리 머리 위에 무수히 가부좌를 틀고 앉아, 가장 강력하고 영원한 무기를 마구마구 아낌없이 퍼부어 줄 것이다.

사랑이라는 이름의 기도, 지혜라는 이름의 명상을.

그래서 우린 오늘도 참 괜찮은 하루를 보내는 중이다, 점점 늘어나고 있는 온 나라, 전 세계의 쌈룡 아카데미아들과 함께.

-끝-

작가의 말

긴 호흡의 이야기를 생애 세 번째로 세상에 내보낸다. 채록희란 필명으로는 처음이다. 어린 친구 하나는 아, '부캐'를 만든 것이군, 하며 웃는다. 작가 소개에도 밝혔듯 내가 누군지는 이야기의 세상 속에서 그리 중요하지 않다. 다만 글쟁이로서 더 자유롭고 싶었을 뿐이다.

작가의 말을 준비하려고 에필로그를 모처럼 다시 읽어 봤다. 돌연 눈물이 핑 돌며 코가 막혀 온다. 어느새 훌쩍이는 나를 발견한다. 이번 소설은 어느 대목이건 읽을 때마다 꼭 이렇게 된다. 즐겁고 유쾌한 이야기를 쓰고 싶었는데 마치고 나니 슬픈 이야기가 되어 버렸다.

세계는 급속도로 무너지고 있다. 남아 있는 시간이 별로 없다. 알프스와 히말라야의 빙하가 무서운 속도로 녹고 있다. 설산 반대편의 산들은 수시로 불타오르고 있다. 문제는 어디서부터 어떻게, 뭘 해야 하냔 것이다. 이번엔 이 미래 없는 지구의 진짜 미래 주인공들에게 슬쩍 짐을 떠넘겨 보았다. 그러면 훨씬 잘 해낼 것 같았다. 그렇게 아미, 고터, 간자, 호영, 바게트 들에게 구조 요청을 보냈다.

우린 이미 틀렸어, 너희가 좀 어떻게 해 줘!

그랬더니 그들은 덩치만 큰 멍텅구리 어른들보다 훨씬 빨리 뭔가를 해내고 말았다. 뛰고 구르고 쪼개지고 날아다니면서.

세상 모든 생각 하나하나엔 씨앗 날개가 달려 있다. 한 생각 하나가 아득한 별나라까지 이르는 힘을 지녔다고 작가인 나는 굳게 믿는다. 작정하고 쓴 이야기야 말해 무엇하랴.

우주가 통으로 커다란 하나였다 막 여럿으로 쪼개질 무렵, 신들이 별 하나씩 잘 보살피라고 인간을 지상에 보냈단다. 그러니 인간들은 죽어라 이 별을 구해야 하고 신들은 목 터져라 우리를 응원하는 중이다. 쌈룡학원은 바로 그 천상 신들과 지상 영웅들의 이야기다. 부디 우리 작은 거인들에게 축복의 꽃송이를 힘껏 뿌려 주시라!

나무픽션2

쌈룡학원

초판 1쇄 발행 2021년 1월 15일
초판 2쇄 발행 2021년 11월 15일

지은이 채록희
펴낸이 이수미
북디자인 오진경
마케팅 김영란
종이 세종페이퍼
인쇄 두성피앤엘
유통 신영북스
펴낸곳 나무를 심는 사람들
출판신고 2013년 1월 7일 제2013-000004호
주소 서울시 용산구 서빙고로 35, 103동 804호
전화 02-3141-2233
팩스 02-3141-2257
이메일 nasimsabooks@naver.com
블로그 blog.naver.com/nasimsabooks

ISBN 979-11-90275-35-4 (44800)
979-11-90275-27-9(세트)